L'amour gay à travers le monde

Robert Joseph Greene

Icon Empire Press
Toronto Vancouver New York Londres

L'amour gay à travers le monde

Traduit de l'anglais par
Yanette Shalter

Publié par
Icon Empire Press
628-1755 Robson Street
Vancouver, BC V6G 3B7
CANADA

Printed and bound by CS Printing
10 9 8 7 6 5 4 3 2 1
Catalogage avant publication de Bibliothèque et
Archives Canada

L'amour gay à travers le monde / Robert Joseph
Greene.
Nouvelles.

Traduction de: The gay icon classics of the world.

Publ. aussi en format électronique.

ISBN 978-1-927124-18-5

1. Homosexuels masculins--Romans, nouvelles,
etc.

2. Homosexualité--Romans, nouvelles, etc. I. Greene,
Robert

Joseph, 1973-

PN6120.95.H724G3914 2012   823'.0108353
C2012-904691-4

Catalogage avant publication de Bibliothèque et
Archives Canada

REMERCIEMENTS

Je souhaite remercier Camilla Greene, Thomas Greene, Kelli-Anne, Caleb Greene, Stanley Bennett Clay, Catherine Adamson (un grand MERCI!), Robert Windisman, Jacques Bourque, Juanita Odin, Bobby Nijjar, John Weger, Stephanie Yuen, Mairi Welman, Brad Harrah, Tim Tewsley, Derek Hewlett, Dan Di Luigi, Colin Clode, Genevieve Iacovino, Alexander Hopkins, C.Wood,Dan Mohan, Alexander Hopkins, Ben Besler pour leurs relectures, leurs révisions et/ou leur soutien moral.

ART EN COUVERTURE

« L'Extase de Saint François », 1595 (huile sur toile), Le Caravage (1571-1610) / Musée d'Art Wadsworth Atheneum, Hartford, Connecticut, E.U.(USA)

Table des Matières

L'amour gay à travers le monde

1. Introduction

Pendant des milliers d'années notre histoire nous a été volée, et notre identité aussi. Certaines des nouvelles de ce recueil viennent directement de leurs cultures d'origine, d'autres sont issues d'extraits que j'ai entendus ici et là et dont j'ai fait des histoires complètes afin de mieux les partager.

Voici un parfait exemple de comment

j'ai utilisé un propos rapporté pour en faire une nouvelle. Pendant que j'étais à l'université UCLA (Université de Californie, Los Angeles), lors d'un cours d'été j'ai rencontré une fille de la Côte d'Ivoire. Lorsque je lui ai dit que j'étais gay, elle a répliqué qu'elle n'avait jamais rencontré d'homme gay auparavant. Je lui ai demandé si elle en avait déjà entendu parler, et elle m'a répondu qu'un jour, elle avait effectivement entendu une vieille histoire tribale à propos de deux garçons adolescents, bannis de leur village pour s'être embrassés en public. L'histoire en question lui avait été transmise par sa grand-mère, mais elle ne se souvenait pas des détails. C'est à partir de ce petit bout d'information que j'ai pu écrire la nouvelle du « Pagne Souillé ».

Je suis particulièrement intéressé par les histoires qui viennent de cultures profondément homophobes. Je pense que le fait de voir que ce genre de personnes existe en leur propre sein les aidera à se rendre compte que l'amour est une vérité universelle qui ne se limite pas au sexe opposé.

Les histoires que j'ai sélectionnées (et il y en avait beaucoup parmi lesquelles choisir) sont davantage focalisées sur l'amour et sur la compréhension que sur la luxure. Lors d'une entrevue avec The Watermark (un hebdomadaire de Floride Centrale), j'ai expliqué que la plupart de mes histoires sont des allégories sensées donner aux hommes gays une compréhension plus profonde des relations humaines entre hommes, afin de les mener à réfléchir aux aspects spirituels et mentaux de l'amour, plutôt que de se limiter au sexe et à la luxure.

Je suis un véritable romantique. Parfois, je me dis que les romantiques sont aux gays ce que les Chrétiens étaient jadis aux Romains : nous sommes bons à jeter aux lions.

Lorsque j'ai reçu les honneurs de

Camp Rehoboth, une organisation de services communautaires à but non lucratif dédiée à créer un environnement gay plus positif à Rehoboth Beach, dans le Delaware, et dans ses communautés environnantes, je savais qu'il était grand temps pour moi d'écrire ce livre. Une de mes histoires a été publiée dans le bulletin d'informations mensuel le jour de la Saint Valentin; elle a figuré dans « Lettres de Camp Rehoboth » pour son côté romantique. L'organisation m'a fait l'honneur de publier l'histoire qui me touche le plus au niveau personnel, mais qui, ironiquement, n'avait jamais été choisie par les journaux et les magazines qui ont lu mes nouvelles et en ont publié d'autres.

Cela m'a pris des années pour recueillir tout ceci, mais c'est avec une grande fierté que je vous présente L'amour gay à travers le monde.

-Robert Joseph Greene

2. Le Voyage et les Joyaux

– Arabie Saoudite

**Publié pour la première fois dans «
Lettres du Camp Rehoboth », en février
2006**

Au temps où l'Europe tombait dans
l'obscurantisme du Moyen-Age et le monde
florissait au Moyen Orient, il y avait un jeune
prince arabe nommé Asfar. Asfar était un
enfant heureux qui aimait jouer avec son
jeune serviteur, Ahmed. A mesure que le
jeune prince grandissait, il en allait de même
de son affection envers son dévoué
serviteur. Certaines personnes dans le

palais remarquèrent ce rapprochement et bientôt, des fonctionnaires royaux commencèrent à sentir que cette tendresse outrepassait les limites de l'acceptable. Lorsque le roi eut vent de cette relation interdite, il désapprouva vivement et Ahmed fut discrètement banni de son Royaume.

Ahmed et sa famille, craignant d'être mis à mort, durent fuir l'Arabie par une nuit d'hiver, dans le froid du désert. Le jeune prince ne fut pas avisé du départ hâtif de son serviteur, ni du déplaisir de son propre père. Personne n'en parla, tout simplement,

Le jeune Prince Asfar devint bientôt adulte.
Au fur et à mesure qu'il mûrissait, ses
affections interdites évoluèrent et son désir
pour Ahmed, le domestique de son enfance,
passa à d'autres hommes. Prince Asfar
garda tout ceci en secret, car les lois du
Coran interdisent ce genre de sentiment.
Son coeur était vide depuis le départ
d'Ahmed. Afin de préparer Asfar pour son
règne, son père l'accabla de professeurs
érudits, d'exercices physiques et de leçons
de chasse. Lors d'une exposition de chasse,
le jeune prince gagna le premier prix pour
avoir capturé à lui seul un dangereux
serpent, faisant preuve d'une grande

bravoure. Le roi, si fier, notant que son fils était en voie de devenir un personnage fringant et courageux, décida de le récompenser avec un château. « Dans ce château, tu te construiras un harem ». Le prince remercia son père et le salua, baissant la tête en son honneur; mais en réalité ce geste ne servait qu'à dissimuler les larmes qui s'échappaient de ses yeux. Le prince savait qu'un harem ne remplirait pas le vide de son cœur.

Un jour, lorsque Prince Asfar sentit qu'il ne pourrait supporter la douleur plus longtemps, il se confia à un vieux professeur. Il lui décrivit son désir pour le serviteur de son enfance, Ahmed. Le vieux professeur était sage et avait beaucoup voyagé en son temps. Au cours de sa vie, il avait enseigné auprès de plusieurs princes et princesses dans de nombreux pays fort lointains. Il savait que le jeune prince parlait d'amour et il avait entendu évoquer ce genre d'amour une fois auparavant, dans la bouche du prince d'une contrée lointaine. Le sage professeur expliqua à Asfar que l'amour ne connaît pas de frontières et qu'il existe un autre prince semblable à lui. Il lui dit que l'autre jeune prince vit dans un autre

royaume, de l'autre côté du grand désert,
par delà les montagnes et de l'autre côté de
la mer.

Le désir d'Asfar pour cet autre prince était si
fort qu'il vendit rapidement toutes ses
possessions matérielles, y compris son
nouveau palais, afin de s'acheter des
provisions pour le long voyage qu'il
s'apprêtait à entreprendre. Le prince acheta
aussi trois des plus beaux joyaux de toute
l'Arabie : une émeraude, un rubis et un
diamant. « Avec ces joyaux, j'offrirai mon
amour à ce prince étranger », affirma Prince
Asfar.

Le prince était sensé se joindre à une caravane qui allait faire la grande traversée du désert. Elle devait partir de la ville voisine, à seulement une journée de marche du palais. Prince Asfar était à trois heures de la caravane lorsqu'il rencontra en chemin une paysanne couchée dans le sable, souffrant d'une grave douleur. Lorsque la paysanne comprit qu'elle se trouvait en présence du grand prince arabe, elle l'appela à la rescousse. « Aidez- moi, bon prince. Toute ma vie j'ai été loyale à votre père et à son royaume ». Le prince se demanda s'il ferait mieux de l'aider tout de suite ou d'envoyer chercher quelqu'un en ville. Il savait que s'il l'aidait, il manquerait le départ de la caravane. Il savait aussi que s'il envoyait chercher de l'aide en ville, cela prendrait des heures avant que quelqu'un revienne aux côtés de la vieille paysanne et elle risquait de mourir. Comme le prince était doté d'une grande compassion, il descendit vite de son chameau et porta la vieille femme chez un docteur à la périphérie de la ville. Le médecin était trop occupé pour prendre le temps de soulager la paysanne souffrante. « Laissez-la mourir. Ce n'est qu'une pauvre femme, elle n'a pas de quoi me payer pour sa vie », dit le docteur affairé. Le prince mit vite la main dans sa poche et en sortit le rubis, qu'il offrit au médecin en guise de paiement. Le docteur s'empressa d'accepter le joyau et s'occupa de la patiente. Prince Asfar resta à son chevet et manqua la caravane. Il lui tint compagnie pendant de nombreux jours durant son rétablissement. Il lui confia même le but de son grand voyage. Lorsqu'elle fut de nouveau sur pied, elle dit au prince qu'elle connaissait un meilleur chemin à travers le désert et elle le lui dessina, pour le remercier de tout ce qu'il avait fait pour elle.

Finalement, c'est une grande chance que le prince ait rencontré la pauvre paysanne à ce moment précis. S'il avait suivi la caravane, il aurait sûrement péri avec elle dans une grande tempête de sable. Le nouveau chemin suggéré au Prince Asfar était beaucoup plus difficile que celui d'origine. Il voyagea jour et nuit, dormant très peu. Il fit le voyage périlleux avec une autre caravane qui traversa le grand désert, franchit la montagne et arriva de l'autre côté de la mer au bout de trois mois.

Au moment où, empli d'impatience, il passa enfin les portes du royaume étranger, il vit un garde battre un pauvre jeune homme et le traîner vers une corde pour le pendre non loin de là. Prince Asfar regarda le garçon de près et se rendit compte qu'il s'agissait du serviteur de son enfance, Ahmed. Il saisit alors le garde et exigea une explication pour un tel châtiment. Le garde dit qu'Ahmed était un voleur et qu'il devait être mis à mort. Ahmed affirma que l'accusation était fausse et expliqua que le garde était un amant jaloux. Lorsque le prince plongea son regard dans les yeux d'Ahmed, il sut que celui-ci ne mentait pas. Le prince ordonna qu'Ahmed fût relâché, mais le garda s'y opposa. Alors

Prince Asfar mit la main dans sa poche et

offrit l'émeraude au garde en échange de la

vie d'Ahmed. Le garde s'en empara

avidement et jeta le pauvre Ahmed aux

pieds du prince. Ahmed lui était si

reconnaissant qu'il jura de nouveau de

dédier son existence au service de son

seigneur.

Epuisé par son long voyage, le prince tomba

malade et s'effondra. Il serait sûrement

passé de vie à trépas sans les bons soins de

son fidèle serviteur. Pendant qu'Ahmed

s'occupait de lui, les deux hommes évoquèrent leur merveilleuse enfance passée ensemble. Ahmed divertissait souvent le prince avec des jeux et des plaisanteries, car ce-dernier était encore trop faible pour pouvoir sortir du lit.

Il s'écoula plusieurs mois avant que Prince Asfar eut suffisamment de force pour se présenter au prince étranger. Celui-ci était bien plus beau que Prince Asfar ne se l'était imaginé. Asfar lui raconta la nature de son voyage. Cependant, le prince étranger était très vaniteux et lorsque Prince Asfar exprima le désir d'entretenir avec lui une amitié éternelle, ces mots tendres ne servirent qu'à enfler son ego. « Je t'accueille à bras ouverts », dit le prince étranger, « car tu seras le centième homme dans ma cour. Je recevrai ton amour chaque centième jour et me coucherai avec toi chaque centième nuit ». Lorsqu'il entendit ces paroles si vaines, Prince Asfar sortit furieux du palais, s'assit de nouveau aux portes du royaume étranger et pleura. Peu après, Ahmed se précipita à ses côtés pour le consoler. C'est alors que Prince Asfar se tourna vers Ahmed, le prit dans ses bras et lui dit : « C'est à toi, Ahmed, que je vais promettre mon amour, car tu m'as servi comme je souhaite te servir

– pour toujours ». Prince Asfar mit la main

dans sa poche et présenta à Ahmed le

dernier joyau : le diamant.

3. Et Cupidon Aussi Aima

— Empire Romain

Lorsque Cupidon était encore jeune, avant que son destin ne soit scellé, le « désir » n'existait pas encore en ce monde. Sexe et intimité n'étaient alors que des actes de reproduction déconnectés de tout plaisir réel.

Au cours de son adolescence, Cupidon devint l'image-même d'un dieu. Quel corps magnifique, avec ses plumes blanches parfaites et sa musculature finement dessinée! En effet, nombreux furent les dieux et les déesses qui tombèrent amoureux de lui. Cependant, Cupidon ne portait aucun intérêt à leur amour.

En revanche, il poussait de longs soupirs lorsque son regard se perdait sur le monde qui s'étalait à ses pieds, parce qu'il savait que l'objet de son amour se trouvait quelque part là-bas. Il se demandait souvent ce qu'il cherchait jusqu'à ce qu'un jour, il découvrit sa destinée.

Le regard de Cupidon s'arrêta sur un simple jeune homme qui était d'humeur aussi sombre que lui. Son nom était « Désir ».

Désir était un garçon de ferme très pauvre, recueilli par un propriétaire terrien riche et sans vergogne. Il avait acheté Désir à ses parents pour quelques pièces d'or car ceux-ci avaient grand besoin d'argent.

Les sœurs de Désir le pleurèrent à chaudes larmes. A présent, ses jours étaient régis par la servitude terrifiante qu'il devait à l'homme sans cœur qui l'avait acheté. Une nuit, alors que tout le monde dormait, Désir pria aux cieux pour qu'ils comblent le vide de son existence. Les belles prières de Désir arrivèrent aux oreilles de Cupidon, qui était couché parmi les étoiles, et Cupidon entendit ces supplications baignées de larmes.

Bien que cela soit interdit par les lois divines,

Cupidon avait tellement envie de se coucher

aux côtés du jeune homme qu'il échafauda

vite un plan et se déguisa en mortel, en

jeune marié paré pour sa nuit de noces.

Cupidon s'empara de sa cape, la fit tremper

dans de la lavande et de l'encens et s'en fut

chercher son amour ici-bas, sur la terre. Il

apparut au chevet de Désir. Désir, tant

apaisé par le parfum délicat de la cape de

Cupidon, ferma les yeux et attira l'étranger

près de lui. Il ne vit jamais son visage.

Cupidon donna à Désir tant de plaisir qu'il

embrasa son âme.

Désir reçut chaque nuit la visite de ce dieu si doux, au parfum si délicat et dont l'identité devait lui demeurer inconnue.

Chaque matin, avant l'aube, Cupidon quittait le chevet de son amant afin qu'aucun autre mortel ne s'aperçût de sa présence. Désir, se sentant vibrant de vie, demanda à son amant secret quelle était cette expérience incroyable qui les unissait, ce à quoi Cupidon répondit : «C'est de l'amour ».

Jour après jour, ne parvenant pas à contenir cette émotion si joyeuse, Désir partageait la nouvelle avec tous ceux qu'il rencontrait.

Toutefois, lorsque quelqu'un lui demandait le

nom de son amant, il était incapable de

répondre. Lorsque ses sœurs eurent vent de

cette chose appelée « amour », elles

devinrent jalouses de leur frère. Elles

voulaient à tout prix savoir à quoi

ressemblait ce donneur d' « amour ».

Elles persuadèrent Désir de piéger son

mystérieux visiteur. La nuit suivante, lorsque

Désir attira Cupidon sur sa couche, il lui offrit

du vin avec des baies de sumac – pour le

plonger dans un profond sommeil. Une fois

allongés côte à côte, Cupidon s'endormit

rapidement.

Lorsque Désir fut sûr que Cupidon était endormi, il alluma une lampe à huile, souleva la cape et regarda le corps magnifique de son amant. La lampe révéla la silhouette d'un dieu superbe à la peau laiteuse, presque transparente, des lèvres douces et de grandes ailes blanches. Sous ces ailes, il y avait un arc et un carquois de flèches dorées.

Curieux de l'identité de son amant, Désir tendit la main pour toucher ses ailes, mais il fut écorché par la pointe aiguisée des flèches qui le firent saigner. Désir retira vivement sa main des flèches ensanglantées et, dans sa hâte, il se cogna contre sa lampe de chevet, renversant l'huile brûlante sur les épaules ailées de son amant. Cupidon se réveilla et hurla en agonie.

Ses cris de douleur alertèrent toutes les créatures mortelles de sa présence. Bien qu'il fût blessé, Cupidon se débattit face à la foule qui accourrait pour le voir.

Il s'empara de ses flèches pour se défendre et les tira dans la foule. Pour les humains, aucune douleur ne fut jamais plus épanouissante que celle infligée par les flèches de Cupidon. Pourtant, ces flèches ne causèrent jamais la mort de ceux qu'elles avaient touchés; au contraire, grâce à elles, les sentiments d'amour et de désir s'entremêlèrent à tout jamais dans le cœur des hommes.

Cette interaction entre Cupidon et Désir fut la première étreinte entre un dieu et un mortel.

Désir et Cupidon furent jugés pour tromperie à la fois par les mortels et par les dieux. En guise de châtiment, Désir fut contraint à demeurer avec Cupidon dans les cieux pour l'éternité; toutefois, il était condamné à rester mortel pour toujours. Cupidon, quant à lui, dut reprendre sa bataille sur terre, pour l'éternité, donnant à d'autres son plus grand amour, Désir, une flèche à la fois.

4. Haakon des Cœurs

– Histoire Nordique (Suède)

Il n'avait pas voulu le tuer. C'était une de ces choses qui n'arrivent qu'aux véritables romantiques. « Ils ne peuvent s'en prendre qu'à eux-mêmes », pensa Haakon en pleurant. Haakon n'avait jamais vraiment pleuré avant. C'était une sensation merveilleuse.

Tout avait commencé par une simple question. Haakon voulait savoir ce qu'était l'amour. Il savait que le prince éprouvait ces sentiments, mais il ne les comprenait pas. «

C'est un sentiment qui vient du cœur », lui

répondit le prince. « Il vibre à travers tout

mon être quand je pense à toi, Haakon ».

Haakon tendit la main. « Fais-moi voir », dit-

il. « Fais-moi voir l'amour ».

Lorsque le prince lui répondit qu'il ne pouvait

pas le lui montrer, Haakon se mit à rire et

devint impatient d'acquérir la connaissance

de tels sentiments humains. « Peut-être le

trouverais-je dans ton cœur ». Une fois de

plus, Haakon tendit la main vers le prince.

Les romantiques peuvent-ils vraiment être si sots? Le prince était si éperdument amoureux et si prêt à tout pour permettre à Haakon de sentir ce qu'est l'amour qu'il se déchira la poitrine et plongea la main sous sa cage thoracique pour en extraire la source-même de sa vie : son cœur.

Rempli de curiosité, Haakon prit entre ses mains l'objet rouge qui battait encore. Lorsqu'il se détourna du prince pour faire face à la lumière, il aperçut les diverses chambres qui composaient l'organe. Du sang s'écoulait sans cesse de ses mains, se déversant sur le sol autour de lui, mais

Haakon ne s'en rendait pas compte. Sur le dessus du cœur, il y avait des chambres rouges, striées de veines, avec une couronne jaunâtre. Haakon le découpa lentement pour voir ces chambres, vides et exsangues à présent. Il coupa du sud vers le nord, finissant au niveau de la couronne jaune. Il coupa encore et regarda à l'intérieur.

A sa grande surprise, il y trouva couché un être angélique minuscule avec des ailes et un arc, mais pas de flèches. L'être angélique était proche de la mort et il regarda Haakon avec ses yeux de cristal.

« Où sont tes flèches? Les as-tu perdues

dans une bataille? Je ne vois aucune

cicatrice », s'enquit Haakon. Et avec le plus

faibles des murmures – si faible que Haakon

dut se pencher pour l'entendre – l'ange lui

répondit : « Regarde à tes pieds ».

Haakon jeta un coup d'œil sur le sol et là,

éparpillées tout autour de lui, se trouvaient

des petites flèches dorées, dotées de cordes

sensibles.

Haakon, empli d'horreur, comprit qui était cet

ange et ce qui venait de se passer.

Incapable de pénétrer l'âme glaciale de

Haakon pour atteindre son cœur, les flèches gisaient tout autour de lui sur le sol. Il savait à présent que cet ange était en réalité le dieu Cupidon. Il le regarda, mais Cupidon était mort.

« Ô mon Prince! Vois-tu ceci? » demanda Haakon, se tournant vers son prince amoureux. Mais celui-ci aussi était mort. Le sot ne savait pas que le prince ne pourrait pas survivre bien longtemps sans son cœur. Haakon regarda tout autour de lui. Il vit des flaques de sang, les flèches dorées qui échouèrent à pénétrer dans son cœur, un dieu mort et un prince mort.

Le regard perdu sur ces corps sans vie, des sentiments commencèrent à couler dans ses veines et son cœur battit une note douloureuse. Submergé par le remords, il se demanda : « Est-ce ceci, l'amour? ». Haakon ne le saura jamais.

La triste vérité est que dans le remords, il n'existe que la faible lueur d'amour qui s'appelle « perte ». Toutefois, dans cette lueur, Haakon savait qu'il avait perdu quelque chose de merveilleux, non pas d'un seul cœur, mais de deux.

5. La Mauvaise Voix, Loin de Chez Moi

– Égypte

Publié pour la première fois dans « SBC Magazine» EDITION D'HIVER 2001

Je pensais que le voyage n'en finirait jamais. C'était un voyage vers la terre natale de ma mère. Un interminable voyage en caravane le long du Nil, depuis la ville égyptienne d'Asyut. La caravane devait s'arrêter plusieurs fois pour la nuit, en cours de route. Les sites étaient inconfortables, infestés de puces et mal éclairés, et la nourriture était affreuse. Je restais éveillé pendant la nuit, allongé sur ma couche, à me demander ce que je faisais là. Le but du voyage était d'aller rendre hommage à la famille de ma mère. Son père, un homme que je n'avais pas connu, venait de mourir. Parmi mes 13 frères et sœurs, j'étais le seul qui avait pu se déplacer. Ma mère, femme au foyer, m'avait raconté qu'elle était de noble descendance, issue d'une tribu nomade des contrées de l'actuel sud-est du Soudan et de l'ouest de l'Éthiopie.

Elle a épousé un Égyptien, mon père, qui était marchand à l'époque. Il est depuis devenu homme d'état, et sa position l'a rendu arrogant. Il a adopté les manières et la façon de penser de l'Ouest, inculquées par les occupants britanniques. C'était plus facile pour lui d'assimiler le mode de vie britannique. Il était chrétien. Il méprisait la culture de ma mère et lui interdisait de nous en parler. Son insolence éclipsa son cœur lorsqu'il interdit à ma mère d'assister aux funérailles de son propre père.

Pour être tout-à-fait honnête, je n'avais pas vraiment envie d'y aller. Toutefois, la dernière fois que j'ai rendu visite à ma mère, elle a tant pleuré et prié pour que son fils préféré se rende là-bas qu'elle a eu raison de mon bon jugement et de mon manque d'intérêt.

Je me souviens du moment où j'ai dit à Mohammed que je devais partir et que le voyage durerait un mois. Il n'a rien dit. Trois semaines avant mon départ, je le lui ai rappelé, et une fois de plus, il n'a rien dit. C'était quelqu'un qui ne parlait pas beaucoup et cela m'agaçait. Il s'est levé du lit, comme chaque soir et est allé à la salle de bains. Il s'est lavé en préparation pour la prière. Je me rappelle la lumière blafarde qui m'empêchait de le voir dans la salle de bains. C'était ma salle de bains. En silence, Mohammed s'est lavé le visage, les mains et les pieds, puis il est revenu dans la chambre. J'étais fâché contre lui. Je payais le loyer. Les musulmans apportent toujours leur propre tapis pour la prière (le sujada). Cela m'a toujours dérangé de le voir prier ainsi dans ma chambre à coucher. Quand il s'agenouillait, toujours dans la même direction – exactement de la même façon, chaque nuit depuis 6 mois, depuis qu'on était ensemble – je me soulevais un peu et le regardais depuis le lit. J'étudiais sa beauté. Sa peau brune aux tons rougeoyants. Ses lèvres étaient si charnues et si noires qu'on aurait juré qu'elles étaient peintes. Le contraste était foudroyant. Ses cheveux étaient d'épaisses boucles noires, très serrées. Il était comme moi, un mélange de couleurs, de cultures et d'influences africaines. J'ai envie de dire qu'il me ressemblait, mais ce serait un mensonge.

Après la prière, il est retourné dans la salle de bains et s'est de nouveau lavé. Puis, il est revenu au lit. On a couché ensemble. Après, alors qu'on se reposait, Mohammed a sorti quelque chose sous le lit et m'a présenté un rouleau de couleur marron; dessus étaient écrits 25 poèmes rédigés par Tarafh ibn al-'Abd. Le manuscrit était enroulé avec un simple ruban rouge et une fleur était logée dans le nœud de la boucle. Mohammed m'a lu les poèmes numéros 6 et 10 pendant que j'étais couché à ses côtés, émerveillé. C'est le poème numéro 10 qui m'a fait sourire. Il nous a fait rire, tous les deux. Le poème était magnifique, d'une certaine façon, même s'il tournait un peu en dérision les gens du désert. Le rouleau était un cadeau. Il ne m'avait jamais rien offert auparavant – rien qui ait pu clairement reconnaître mon existence autrement qu'en tant qu'ami. Il m'a dit que c'était pour mon voyage, mais je savais que cela représentait quelque chose de plus. J'étais stupéfait lorsque je me suis rendu compte qu'au cours des six derniers mois, entre Mohammed et moi, il n'y avait pas eu que du sexe – quand on couchait ensemble, on faisait l'amour. Pendant les six derniers mois, Mohammed avait considéré cet endroit comme sa maison et moi comme son compagnon. Je savais que ce cadeau représentait avant tout que j'allais lui manquer.

Couché dans ma tente pleine de puces et voulant que le voyage arrive a sa fin, je me souvenais de la dernière nuit que nous avions passée, Mohammed et moi. J'en étais à mon troisième campement. Cette nuit-là me semblait si lointaine. La voix de Mohammed était douce et tendre lorsqu'il me lisait les poèmes en arabe. Il y en avait 25, écrits côte à côte sur le rouleau de cuir. Cela avait dû lui coûter le peu qu'il avait. Je m'endormais chaque soir avec le rouleau dans mes bras.

Sur le chemin de terre qui courrait le long du Nil, le soleil battant son plein sur les têtes voilées des passagers entassés dans la charrette, la voix de Mohammed devenait un vague souvenir. Des bêtes de somme se traînaient à côté de leurs propriétaires qui languissaient dans la charrette pendant que les rayons du soleil brûlant nous assommaient.

Après Nimoli (dans l'actuel sud du Soudan), j'ai continué ma route avec un gardien de troupeaux qui avait un chameau supplémentaire et qui m'a emmené jusqu'au campement du Clan Kasrashu.

Le Clan Kasrashu était une tribu nomade qui se déplaçait pendant la mousson à la recherche de nourriture et de pâturages. C'était le clan de ma mère, un peuple simple, tribal. Quand je suis arrivé au campement je me suis aperçu qu'ils me ressemblaient beaucoup. Il y avait 76 membres dans la tribu, hommes, femmes et enfants confondus. Il y avait aussi 42 chameaux et 22 chèvres parmi eux. En guise de vêtements, ils portaient des couches de tissu arrangés de différentes manières.

Ils étaient sympathiques jusqu'à ce que je m'adresse à eux en arabe. Je leur ai dit que j'étais le fils de Basamat, petit-fils de Majdi. Personne n'a répondu. Après plusieurs secondes de tension, une voix solitaire s'est fait entendre en arabe et Mansour s'est présenté à moi. Il était le frère de mon grand-père. Je lui ai demandé comment il avait appris à parler arabe. Il m'a répondu que c'était la seule langue dans laquelle on pouvait troquer avec les marchands. Le reste du Clan ne parlait que Dinka.

Cette nuit il y eut un rassemblement du clan et un repas de bienvenue en mon honneur. Le Clan Kasrashu m'a montré son amour. Ils m'ont traité comme un parent éloigné qui a fini par retrouver le chemin de la maison. Les vieilles femmes du Clan m'ont présenté des cadeaux, des chansons, de la nourriture et de la boisson. J'ai trouvé que leurs embrassades pleines d'amour, leur apparence et leurs odeurs étaient pareilles à celles de ma mère. Elle me manquait, mais je sentais sa présence parmi ces gens. Je me suis senti plus à l'aise durant le repas.

Au cours des festivités j'ai attiré l'attention d'un jeune homme dont les yeux étaient comme deux perles noires. Il s'est approché de moi avec audace et m'a dit qu'il était mon cousin Kadaru. J'ai vu une étrange ressemblance entre lui et Mohammed – ou bien était-ce une illusion?

Son sourire et l'intérêt qu'il me portait en disaient long, et il finit par m'entraîner avec lui jusqu'à sa tente, où j'ai passé la nuit. Il était de coutume que les vêtements portés pendant la journée soient utilisés comme couvertures pour la nuit. Les tribus nomades ont toujours ce côté pratique. Kadaru s'est tourné pour me prendre dans ses bras. Il sentait mauvais, mais mon corps esseulé accepta ses avances. Toute l'angoisse et l'épuisement accumulés pendant le voyage s'évanouirent dans une rencontre sexuelle pleine de compassion, qui m'a laissé presque euphorique. Une fois l'acte accompli, Kadaru et moi sommes restés allongés côte à côte. J'ai caressé son épaule et son bras. En mauvais arabe il a murmuré qu'il m'aimait. Malgré le sentiment d'euphorie et la gratitude que j'éprouvais envers lui, je savais qu'il ne saisissait pas le sens de ces mots. J'ai alors changé de sujet. Je lui ai demandé comment il en était venu à parler arabe. Il m'a répondu qu'il avait ramassé quelques mots au contact des commerçants. Il a admis que sa connaissance de la langue était limitée, mais aussi qu'il voulait continuer à apprendre. Je ne savais pas si je devais prendre cela comme une invitation. Au moment où il a tendu la main pour me caresser la poitrine, il est tombé sur le rouleau que je gardais caché sous la couverture. Je me suis senti embarrassé. Mon esprit s'est mis à évoquer des images de Mohammed. Kadaru a ouvert le rouleau, s'est arrêté sur le poème numéro 10 et a commencé à le lire. Il lisait mal. Sa voix était dure. Sa lecture a rompu le sort euphorique. Sa voix, son intonation, ses inflexions me blessaient comme autant de coups de poignard. Ce n'était pas Mohammed. Cela me dérangeait profondément. Ce n'était pas le contexte du poème; c'était lui, cet endroit, ces gens. C'était la mauvaise voix et j'étais loin de quoi que soit qui aurait pu me faire sentir à l'aise. J'avais besoin de Mohammed.

Je lui ai arraché le rouleau des mains pendant qu'il lisait encore. Il s'est senti insulté par ce rejet. Dans sa colère, Kadaru m'a frappé. Je me suis retrouvé dehors, devant sa tente, avec toutes mes affaires qu'il avait jetées après moi. J'ai ramassé ce que j'ai pu, je me suis habillé et j'ai commencé à marcher –

sans un mot. Je n'ai dit au revoir à personne. Il faisait nuit, mais j'étais sûr que j'allais dans la bonne direction, vers le Nil. J'étais furieux. Je ne savais pas pourquoi, mais je haïssais toute existence humaine. Je haïssais la Nubie, l'Égypte et tous les gens que j'avais rencontrés jusqu'alors.

Je suis resté assis en silence pendant tout le voyage du retour. J'ai trouvé une barque et je me suis assis au milieu des marchandises, maintenant le cap durant la nuit pendant que le batelier dormait. Moi, je ne dormais guère. Je ne me lavais pas non plus et je ne mangeais rien. Je ne buvais que de l'eau. Le manque de nourriture me faisait délirer. Personne n'était là pour m'accueillir au port d'Asyut. Depuis le pas de la porte, à la vue de mon apparence négligée, Mohammed m'a lancé un regard horrifié. Il m'a à peine reconnu. Je lui ai tout raconté de mon voyage. Malgré mes protestations, il m'a déshabillé, baigné et mis au lit après m'avoir fait avaler un bol de soupe. Il était sur le point de sortir de la chambre avec mes vêtements sales lorsque je lui ai dit que je voulais quitter l'Égypte. Il est revenu à mes côtés, avec le rouleau entre ses mains – le rouleau qu'il m'avait offert. « Où est-ce qu'on irait? » a-t-il rétorqué. Sa réponse, la douceur de sa voix ont apaisé mon humeur. Je me suis rendu compte que Mohammed venait de s'occuper de moi dès l'instant où j'étais entré chez nous, comme il ne l'avait jamais fait auparavant. Je l'ai simplement fixé du regard, empli d'admiration. En arabe, je lui ai dit : « Mohammed, je t'aime ». Avec ces mots, je me suis senti faible, j'ai senti mon corps crouler sous la fatigue. J'avais de la chance d'être déjà couché dans mon lit. Mohammed s'est allongé auprès de moi, a défait le ruban autour du rouleau et m'a lu un poème. L'ironie a voulu que ce soit le poème numéro 10. Alors qu'il lisait, mes souvenirs de mon cousin Kadaru ont défilé devant moi. Je me suis tourné vers

Mohammed, toujours à mes côtés, et ses mots se sont faits de plus en plus lointains alors que sa voix me guidait vers un sommeil bien mérité.

6. La Chanson de Banatu et le Pagne Souillé

– Côte d'Ivoire, Afrique

Publié pour la première fois dans SBC Magazine, Automne 2000

Les Mukasa était connus dans toute l'Afrique pour être une redoutable tribu de chasseurs. Les hommes, avec leur carrure impressionnante, dominaient presque tous les autres habitants de la côte orientale. Les chasseurs Mukasa portaient un pagne blanc finement tissé pour les distinguer des autres hommes. Ce linge blanc était la fierté de tout chasseur, car un bon chasseur ne salissait jamais son pagne, ni même au cours d'une chasse. Pour le chasseur Mukasa, un pagne blanc immaculé était un symbole d'excellence. A l'âge de 15 ans, tous les fils Mukasa devaient se confronter à la rude épreuve du passage à l'âge adulte. Ceux qui réussissaient étaient admis à l'entraînement nécessaire pour devenir chasseurs, faisant ainsi honneur à toute leur famille. La troupe de chasseurs Mukasa régnait sur le village et fournissait à chaque famille un logement et la nourriture dont elle avait besoin. Ceux parmi les Mukasa qui n'étaient pas faits pour être chasseurs accomplissaient des tâches d'entretien général ou, selon leurs qualités individuelles, remplissaient diverses fonctions nécessaires au bien-être de la tribu. Les messagers étaient souvent les plus rapides de tous les hommes Mukasa et ils étaient considérés très importants car ils transportaient toutes les communications entre les chasseurs itinérants et le reste du village. Toutefois, les messagers n'avaient pas le droit de chasser.

Une année, douze garçons Mukasa devaient prouver leur valeur pour gagner le droit de devenir chasseurs. L'un des garçons s'appelait Ofusu. C'était un beau jeune homme avec une peau délicate couleur d'ébène et des traits finement dessinés. Ofusu avait deux frères qui entrèrent aussi dans la compétition. Ils étaient beaucoup plus forts que lui et bien plus précis avec leurs outils, mais malgré tout, il était sûr de gagner. Bien qu'Ofusu et ses frères aient été forts, ils savaient qu'aucun des jeunes concurrents n'était plus fort ou plus précis avec une lance que Banatu. Banatu venait d'une longue lignée de grands chasseurs et il était attendu que tout homme de sa famille deviendrait à son tour un grand chasseur. Tous les garçons réussirent à passer l'épreuve, à l'exception d'Ofusu.

Ofusu s'en voulait de ne pas s'être assez acharné pour devenir un chasseur respecté par les siens, à l'instar de ses frères, mais il était fier de sa performance à l'épreuve de vitesse car en remportant la course, il avait battu tout le monde, y compris Banatu. Bien qu'Ofusu n'ait pas reçu le statut de chasseur, il lui fut attribué l'honorable titre de messager par le chef de la tribu. Les autres jeunes hommes le jalousèrent, car il eut tout de suite le droit d'accompagner les hommes au cours de leurs voyages alors que les onze autres garçons devaient rester près du village pour suivre l'entraînement et apprendre les techniques de chasse des Mukasa.

Bientôt, Ofusu gravit les échelons et devint le

principal messager pour les courses à longue distance. Il devait ceci au fait qu'il savait naturellement doser ses efforts et grâce à cela, il lui restait toujours assez d'haleine pour reléguer le message à l'arrivée. On lui tissa un pagne de lin blanc spécial pour ses courses, Ofusu et sa famille en étaient très fiers. « Il en sera attendu de toi autant que des chasseurs, Ofusu », lui dit le chef de la tribu. « Tu ne devras jamais souiller ce linge pendant que tu courras ».

Ofusu avait une méthode secrète pour maintenir son allure sur de longues distances et pour se souvenir du message à délivrer. Il mettait simplement les mots en chanson et il se les chantait à voix haute chaque fois qu'il expirait. Ceci lui venait facilement pendant qu'il courait. C'était une façon de tuer le temps. Un jour, lorsque Banatu chassait le lièvre dans un champ à peu de distance du village, il entendit les doux sons d'une voix magnifique qui s'approchait. Il s'agenouilla pour voir qui pouvait bien produire cette musique qui semblait toucher son cœur d'une manière toute particulière. Lorsque le coureur chantant passa près de lui, Banatu fut surpris de constater qu'il s'agissait d'Ofusu.

Ofusu arriva au village, ignorant que Banatu

l'avait entendu chanter. Il délivra le message d'une belle victoire des chasseurs juste au sud du village et il annonça qu'un grand festin de buffle d'eau allait honorer chaque foyer d'ici deux jours. Après avoir répété son message, Ofusu prit une courte pause, but un peu d'eau, fit demi-tour et se remit à courir pour rejoindre la troupe de chasseurs. Banatu se rendit compte que lorsqu'Ofusu quitta le village, il n'émanait de lui aucune merveilleuse chanson.

Au cours de sa prochaine mission de messager, alors qu'il arrivait en vue du village, Ofusu fut arrêté par Banatu. Il en fut très étonné, car il ne lui était pas venu à l'idée que d'autres aient pu entendre ses chansons et encore moins le puissant Banatu. Ofusu craignait que les autres le prissent pour un imbécile. Il baissa les yeux, honteux et embarrassé.

Banatu lui demanda de continuer à chanter. Ofusu trouva la requête insensée, mais il chanta tout de même son message, de peur que Banatu ne lui fasse du mal. Avec tout le courage qu'il réussit à amasser, il satisfit à sa demande et regarda droit dans ses yeux. Il y vit une étrange lueur pendant qu'il chantait. Lorsqu'il eut terminé, Banatu le laissa reprendre sa route vers le village. Une fois arrivé, Ofusu accomplit son devoir et se reposa. Alors qu'il retournait vers la troupe de chasseurs, il fut de nouveau arrêté par Banatu, mais cette fois-ci, plutôt que de lui demander une chanson, il chanta à son tour (quoiqu'assez mal) une chanson d'amour, juste pour Ofusu. Celui-ci fut ému par la tendresse du sentiment et s'en fut en courant, sans dire un mot, laissant le cœur de Banatu en mal d'une réponse. Banatu se trouva à la fois sot d'avoir agi ainsi et tourmenté par les sentiments qu'il ressentait pour Ofusu. Le messager revint une fois de plus au village et, au moment de partir, il revit Banatu, qui l'observait, caché dans les buissons. Plutôt que de s'arrêter, il sourit et continua de courir tout en chantant la chanson qui lui avait été offerte plus tôt. Parce que la voix d'Ofusu était bien plus belle que celle de Banatu, la chanson semblait encore plus ravissante aux oreilles de quiconque pouvait l'entendre. Ceci remplit de joie le cœur de Banatu.

Lorsque la troupe de chasseurs retourna au village avec le gibier hautement prisé, Ofusu courut au-devant d'elle avec l'espoir de voir Banatu.

Pendant tout ce temps, Ofusu chanta non pas le message habituel destiné aux villageois, mais la chanson d'amour de Banatu.

Cependant, cette fois il fut pris par surprise et arrêté par tous les jeunes hommes de la tribu qui suivaient l'entraînement. Ils rirent de son chant et le taquinèrent avec des mots durs. Banatu se trouvait parmi eux, mais il ne dit rien. Ils exigèrent de savoir pour qui il chantait, mais Ofusu ne répondit pas. Son silence les enragea et ils le prirent en embuscade, le traînant dans la boue. Banatu regardait tout ceci avec horreur; il aurait pu mettre fin à cette bagarre, car il était bien plus fort que les autres garçons, mais son désir d'aider Ofusu fut dominé par la crainte d'être découvert. Au cours de la bagarre, le pagne d'Ofusu fut souillé. Il réussit à s'échapper, mais arriva au village juste au moment où les chasseurs faisaient leur entrée; il n'eut donc pas le temps de se nettoyer. Le chef lui demanda comment il s'était Sali ; Ofusu, honteux, baissa les yeux et garda le silence. Il fut immédiatement mené devant le conseil des chasseurs et puni pour avoir déshonoré sa famille et sa communauté en salissant son pagne. Son châtiment était de recevoir cent coups de fouet. La tribu se réunit en cercle autour de la place centrale pour assister à la correction. Ofusu fut mené devant eux, sans son pagne, complètement nu face à tous. Sa honte et son humiliation se lisaient sur son visage, mais aussi sur celui d'un autre. Le chef se rendit au centre du cercle avec un bâton Pago (qui sert de fouet).

Ofusu se pencha en avant pour recevoir les coups, mais un cri sortit de la foule et étonna tout le monde. C'était Banatu. Il s'avança vers le chef. Il dit que le pagne d'Ofusu avait été souillé par sa faute, mais ne s'expliqua pas davantage. Ensuite il dit que c'était lui et non Ofusu qui devrait recevoir les coups de fouet. Le Chef était assez surpris par la tournure des événements, mais il approuva la requête de Banatu. Celui-ci poussa doucement Ofusu hors de la ligne de mire et le plaça au milieu de la foule. Ensuite il enleva son propre pagne et l'attacha délicatement autour des hanches d'Ofusu avant de revenir au centre du cercle, où le chef commença à lui infliger son châtiment.

Banatu ne cilla pas une seule fois et chanta sans cesse sa chanson d'amour pour Ofusu. La foule était ébahie par cette confession d'amour. Ofusu le regardait, confus. Lorsque le derrière ensanglanté de Banatu eut reçu le centième coup de fouet, il se leva, s'approcha d'Ofusu et lui prit la main. Ensemble ils quittèrent le village pour ne jamais y revenir.

Cette histoire fut transmise de génération en génération au sein de la tribu; chaque fois que le vent souffle, les Mukasa disent que c'est

Ofusu qui court vers son ami et que, si vous tendez l'oreille, vous entendrez peut-être leur chanson d'amour.

.

7. Les Cinq Saluts de l'Apprenti de Shakespeare

– Royaume Uni

Il était une fois un jeune ouvrier agricole qui s'appelait Graham. Graham était un bon jeune homme : bien que sans le sou, sa richesse se trouvait dans la vivacité de son esprit et dans la joie qu'il apportait à d'autres à travers ses représentations. On aurait pu dire qu'avec une éducation appropriée, il avait ce qu'il fallait pour devenir un personnage tout à fait fringant. Cependant, Graham n'était que Graham, le simple ouvrier agricole. Il était petit et avait les

jambes un peu arquées, ce qui le faisait
chanceler quand il marchait. Il avait la tête
assez étroite, couverte de grosses touffes de
cheveux noirs qui pendaient en mèches
ébouriffées. Graham portait jour après jour le
même pantalon de toile de jute et une vieille
chemise sale qui tenait en place avec une
ficelle tirée au milieu.

Chaque jour, avant le lever du soleil,
Graham et ses compagnons de récolte
parcouraient le long chemin vers les champs
avec leurs faux et leurs cordes à lier. Ils
portaient aussi avec eux leur déjeuner du
jour qui consistait soit d'une pomme soit

d'une patate bouillie. Avec une grâce

répétitive, ils moissonnaient le grain brillant,

boisseau après boisseau, jusqu'au coucher

du soleil, lorsqu'ils rentraient chez eux pour

le repas du soir. Leur travail était long et

fatigant pendant les chaudes journées d'été.

Pour passer le temps durant la labeur,

Graham jouait des scènes comiques qui

étaient souvent basées sur les drames réels

des serviteurs et des autres ouvriers de la

ferme. Toutes les scènes représentaient des

jeunes filles qu'il jouait à la perfection. Son

histoire préférée était celle de la demoiselle

chatouillée. L'histoire racontait comment un

jeune travailleur des champs lui contait des

faux mots d'amour et finissait avec une main ou deux glissées sous sa jupe. Graham adorait cette histoire et il développa un don pour imiter les voix des filles. Au moment où il poussait le cri strident de la demoiselle caressée, les autres ouvriers se roulaient par terre, tordus de rire. Une fois le sketch terminé, tous les travailleurs applaudissaient pour qu'il continue, mais Graham se contentait de saluer cinq fois avant de se remettre au travail.

Un matin, alors qu'il racontait son histoire favorite, le hurlement féminin de Graham attira l'attention du propriétaire de la ferme dont la mine se renfrogna. En effet, il se rendit compte que les autres ouvriers étaient en train de rire plutôt que de travailler. Le propriétaire s'aperçut aussi que les ouvriers qui se trouvaient les plus éloignés de Graham tendaient l'oreille pour l'écouter et que, du coup, leur travail s'en trouvait ralenti encore davantage. Voulant montrer l'exemple aux autres, l'homme s'approcha doucement de Graham, un fouet à la main. Alors que le jeune comédien était sur le point de jouer une autre scène, le propriétaire leva lentement son fouet et s'apprêta à le frapper. Les autres ouvriers virent ce qui aller se passer et se remirent vite à la tâche, mais pas Graham. Il était tellement absorbé par son interprétation qu'il n'entendit pas le claquement du fouet jusqu'à ce qu'il s'abattît sur lui avec force. Il sentit la douleur lui strier le dos. Le coup fut si fort qu'il l'envoya voler dans un boisseau qui se trouvait près de là; il déchira aussi sa chemise et projeta sa faux et sa corde à lier au loin. « Va-t-en au Diable! » hurla le propriétaire de la ferme, alors qu'il levait son fouet pour frapper de nouveau. En larmes, honteux et effrayé, Graham fila à toute vitesse. Quand il fut assez loin et hors d'haleine, il s'arrêta. La brûlure dans son dos le fit frotter la peau endolorie. Lorsqu'il retira sa main, il vit qu'il saignait. Enragé à la vue de son propre sang, Graham jura de ne plus remettre les pieds dans ce champ, ni dans aucun autre champ. Il marcha jusqu'à la rivière Avon avoisinante afin de soulager sa blessure dans ses eaux fraîches. Graham prit de l'eau entre ses mains jointes et la laissa couler le long de son dos. Elle apaisa la douleur et calma les élancements.

Graham suivit le chemin tortueux de la rivière Avon. Il marcha jusqu'au coucher du soleil et atteignit la ville de Stratford. C'était l'année 1583 et Stratford était une cité vibrante de commerçants, de guildes et de marchands de toutes sortes. La rivière Avon

fournissait à la ville un accès facile et un

moyen aisé de transporter des biens jusqu'à

Londres à des fins commerciales et

agricoles.

Épuisé et affamé après sa grande frayeur et

son long voyage, Graham chercha un abri.

Non loin de là, il aperçut une petite auberge.

Elle était des plus typiques, pour autant qu'il

ait pu en juger. C'était une simple structure

de plâtre avec un toit de chaume, deux

étages et de petites fenêtres encastrées. Il y

avait un garde-manger et une écurie sur le

côté. Graham songea à fouiller dans la

poubelle qui se trouvait à côté de la porte du garde-manger, à la recherche de restes de nourriture ou d'os à grignoter pour nourrir son pauvre corps. Il grimpa silencieusement sur le dessus de la poubelle de bois. Alors qu'il fouillait dedans, il entendit un bruit de pas. Graham baissa la tête, prêt à esquiver la poêle en fer forgé qui risquait de venir s'abattre sur son dos meurtri. En l'absence de poêle et de douleur, Graham leva doucement les yeux et se trouva face au visage le plus drôle qu'il ait jamais vu. Il était aussi rond qu'une horloge, avec de grosses joues. Le visage était blanc avec un gros nez rouge strié de veines en son milieu. Il observait Graham avec curiosité mais son regard d'étonnement se changea vite en sourire. Un sourire qui semblait s'étendre d'une oreille à l'autre. Graham réalisa que ce visage le faisait penser à la lune. C'était en réalité celui du gentilhomme aubergiste.

« J'ai peur qu'tu sois arrivé un peu tard pour les restes! » exclama l'aubergiste. Toujours fatigué et endolori, Graham se leva tant bien que mal et s'extirpa de la poubelle. L'aubergiste eut pitié du pauvre jeune homme et se rendit rapidement dans son garde-manger pour aller chercher quelques restes frais à offrir à l'étranger. Graham lui était si reconnaissant qu'il entama de suite un de ces sketchs de demoiselle.

L'aubergiste trouva amusant que Graham se comportât d'une telle manière. Lorsque la représentation toucha à sa fin, l'homme se mit à rire. Ce n'était pas un rire comme les autres, mais plutôt une sorte de mugissement que Graham n'avait jamais entendu auparavant. Ce rire était si contagieux qu'il ne put s'empêcher de se mettre à rire lui aussi. « Donne donc à ton vieil homme un p'tit coup de ton talent, jeune fille, pendant que j'me pétris mes pains de c'te nuit », dit l'aubergiste. Il ajouta calmement qu'il lui donnerait un bon repas pour chaque acte bien joué. Graham le suivit dans le garde-manger qui se trouvait à l'arrière de la taverne. Alors que l'aubergiste déroulait soigneusement des portions de pâte sur la table saupoudrée de farine, Graham reprit directement sa routine de demoiselle chatouillée, d'abord avec peu d'énergie, mais gagnant peu à peu en vigueur à mesure que la scène progressait. Souriant tout le long, l'aubergiste le regarda attentivement en étalant sa pâte. Il devint si absorbé par le jeu de l'acteur qu'il cessa de travailler. Lorsque Graham laissa échapper son cri perçant, l'aubergiste fut pris d'une autre crise de rire mugissant. Graham arrêta son spectacle et se mit à rire à son tour

Grâce à la joie qu'il inspira avec la scène de

la demoiselle, il parvint à oublier ses soucis

et ses os endoloris. Le jeu de Graham attira

bientôt l'attention de passants qui

s'arrêtaient à la porte du garde-manger et

d'autres qui s'étaient réunis à l'intérieur de la

taverne. Au moment où l'histoire atteignit

son point culminant, des hurlements de rire

venant de toutes parts provoquèrent en

Graham un titillement de plaisir. Il salua cinq

fois et les remercia. Pendant que la foule

applaudissait, l'aubergiste lui servit du pain,

une tranche de jambon et de la bière. Le

jeune homme salua encore cinq fois, en

guise de reconnaissance, puis avala

goulûment son repas, tel un lion qui dévore

sa proie. L'aubergiste réclama une autre

représentation. Le temps passa et le soleil

s'était depuis longtemps caché derrière les

bois. Il faisait nuit dehors, mais cela passa

inaperçu pour l'aubergiste et pour Graham

qui le divertissait. Le tavernier finit par

reprendre sa routine pour préparer le repas

du soir de ses hôtes, tout en continuant à

regarder les sketchs du jeune comédien.

Lorsque l'aubergiste eut fini ses corvées du

soir, il invita Graham à rester pour la nuit,

gratuitement. « Ma belle demoiselle, va-t-en

chercher de la paille dans l'écurie pour ton bon sommeil et je veillerai à ce que tu sois en sécurité auprès du poêle », dit-il. Graham, toujours un sacré personnage, salua cinq fois et obéit sans attendre. Lorsqu'il revint, il vit que le tavernier avait étendu quelques sacs pour lui servir de couverture. Il tomba immédiatement dans un profond sommeil. Le lendemain matin, il s'éveilla à la douce odeur de petits pains chauds sortant du four et, encore une fois, à la rondeur de ce gros visage joyeux, penché au-dessus de l'âtre. Graham ne put s'empêcher de sourire à une telle vision. « Serais-tu tenté par un peu de pain et de bière… ma p'tite damoiselle? » demanda l'aubergiste au milieu d'un nouveau mugissement de rire. « Je n'ai pas un sou en mon nom », répliqua Graham. L'homme posa deux pains et une cervoise devant lui sans ajouter un mot. C'était presque l'aube et pendant qu'il mangeait, il regarda le tavernier avancer vers la pièce principale pour nettoyer les tables avant que les hôtes se réveillent. Il se rendit compte que le brave homme travaillait sans relâche. Graham avala vite le délicieux repas. Il se présenta à l'aubergiste, salua cinq fois, puis se mit à l'aider avec ses tâches matinales. « Tiens-moi compagnie dans le garde-manger pour ton gîte et occupe-toi des corvées pour le couvert », lui dit le patron de l'établissement sans le regarder, les yeux fixés sur sa propre tâche. Au moment où il lui dit cela, son visage s'empourpra, non pas d'embarras mais d'espoir. Graham, tout fier qu'il était, répondit que cet arrangement ne serait que temporaire, car sa destinée l'attendait ailleurs. L'accord fonctionna bien et les jours passèrent tranquillement. Graham écoutait les commérages des femmes au sujet de « Dame Ceci » et « Madame Cela ». De ces histoires, il glanait le matériel nécessaire pour ses interprétations du soir dans le garde-manger. Graham n'aimait jouer que les rôles féminins. Il semblait trouver au fond de lui-même les voix de plusieurs femmes différentes. A mesure que ses personnages gagnaient en profondeur et qu'il prenait conscience de la diversité de leurs accents et de leurs postures, chaque nouveau sketch paraissait plus drôle que le précédent. Après chaque scène finale devant son public d'une seule personne, le rire mugissant de l'aubergiste l'encourageait à poursuivre dans la voie du théâtre. Les deux hommes savouraient la compagnie l'un de l'autre, de jour comme de nuit. Graham taquinait l'aubergiste en faisant semblant d'être sa femme. Chaque nuit, quand Graham avait fini son dernier sketch, il saluait cinq fois pendant que l'aubergiste continuait à applaudir pour en demander encore. Ce dernier savait pourtant que les cinq saluts voulaient dire que le spectacle était fini pour ce soir-là et que l'heure était venue de dormir. Leurs séances privées n'étaient interrompues que lorsque l'un ou l'autre servait les repas du soir aux hôtes de l'auberge.

Un matin, Graham se réveilla et trouva une bassine d'eau pour se laver et des vêtements propres posés à côté de lui. Il demanda à l'aubergiste de quoi il retournait.

« Aucune de mes gentes damoiselles ne sera vue portant des haillons de papier », répliqua-t-il. Et sur ce, il lâcha un de ses fameux rires qui inspiraient à Graham un sentiment si agréable qu'il ne pouvait s'empêcher de se mettre à rire à son tour. Il s'occupa vite de laver son corps, qui en avait grand besoin et il s'en fut à la salle principale avec ses vêtements tout neufs pour s'atteler à ses tâches matinales. Leur arrangement dura tout l'hiver. Par une belle nuit de printemps, Graham était de nouveau en train d'offrir une de ses interprétations de demoiselle dans le garde-manger lorsqu'il fut entendu par un vieil homme, petit et guindé.

Celui-ci se présenta sous le nom de Collins, comédien dans la troupe du Théâtre de la Vieille Rose de Stratford. Collins affirma avoir besoin de talents tel que celui-ci. Cette offre fit rayonner Graham qui en devint tout excité. Collins l'invita à venir rencontrer leur grand dramaturge W.S. et à passer une audition. Graham suivit le vieil homme avec tant d'impatience qu'il oublia de dire au revoir à l'aubergiste. Au Théâtre, l'audition de Graham devant W.S. fut spectaculaire. Toutefois, lorsqu'on lui présentait un scripte, le jeune homme ne savait pas le lire et encore moins comprendre le langage de la scène. W.S., ne voulant pas perdre ce talent à l'état pur, décida d'embaucher Graham en tant qu'apprenti, homme à-tout-faire pour sa troupe de théâtre itinérant, sous la direction du vieux Collins. Graham gravit rapidement les échelons et divertit les foules à travers toute l'Angleterre. Il lui fallut s'ajuster un peu à être acteur professionnel : il n'avait pas l'habitude du maquillage et des costumes qui accompagnaient ses rôles de femmes.

Bientôt, il devint maître dans l'art de balancer les immenses perruques tout en portant des talons aiguilles, et ce, avec grâce et aisance. Très vite, des admirateurs, des collègues comédiens et des nobles de toutes parts cherchèrent à assister à ses représentations. Chaque grand final était englouti par les applaudissements. Graham terminait toujours par cinq brefs saluts.

Toute la classe et la célébrité associées avec le théâtre plaisaient à Graham, mais il lui manquait quelque chose. Après chaque spectacle, après les salves d'applaudissements, Graham se sentait vide.

La troupe s'agrandit et alla établir sa base à Londres. Notre jeune acteur tarda près de deux décennies avant de revenir, sans même le savoir, à la ville où tout avait commencé. La troupe s'était arrêtée à la petite auberge locale pour se reposer un peu avant la prochaine représentation au Théâtre de la Rose. Au moment d'entrer, Graham sentit comme une vague de chaleur, un confort qui lui semblait revenir d'une source inconnue. Ils se retrouvèrent face à une vieille femme stoïque qui marchait pieds nus, avait les cheveux frettés et portait un vieux tablier sale. Elle chassa tout le monde en haut des marches, en direction de leurs modestes chambres. Graham, fatigué par le voyage, jeta un coup d'œil aux murs et se mit à penser à Stratford. « Serait-ce possible? » se demanda-t-il. Il s'enquit auprès de la servante pour savoir s'il s'agissait bien là de l'auberge de Stratford.

Elle hocha la tête sans mot dire. « Seriez-

vous à tout hasard la femme de l'aubergiste?

» continua-t-il. « Y'a pas d'femme

d'aubergiste ici! » lui aboya-t-elle. Ce furent

ces mots-là qui envoyèrent une sensation

toute particulière dans son corps entier et qui

lui firent battre le cœur à toute allure. Ce

n'était plus au monde du théâtre qu'il

aspirait, mais bien à l'amour du vieil

aubergiste à l'humeur joyeuse qui lui avait

donné la confiance nécessaire pour déployer

ses ailes. Graham savait à présent pourquoi

le vieil homme l'appelait toujours « sa belle

demoiselle ».

Collins le comédien s'approcha des pensionnaires épuisés et leur dit qu'ils n'avaient pas le temps de traîner, qu'ils avaient un spectacle à monter. Alors que les acteurs quittaient lentement l'auberge et se mettaient à marcher vers le théâtre, Graham les laissa prendre un peu d'avance. Il plaça trois pièces de six pence dans la main de la servante et lui demanda de transmettre un message à l'aubergiste. « Dis-lui de venir ce soir pour voir gratis la représentation de sa belle demoiselle. Demande-lui s'il trouvera encore dans son cœur un p'tit coin pour elle… », furent les mots prononcés par Graham. Sans saisir la plaisanterie, la servante répéta le message mot pour mot à l'aubergiste.

Persuadé que son cher aubergiste se trouverait parmi la foule, Graham, éblouissant dans sa parure de bijoux, offrir la meilleure interprétation de jeune fille de toute sa vie. L'acte final suscita une véritable ovation. Graham salua quatre fois, omettant la dernière. Lorsqu'il se tourna pour sortir de scène après son quatrième salut, il aperçut la servante derrière un des rideaux. Elle lui dit, répétant les mots exacts de l'aubergiste : « Il est ravi de voir et d'entendre que sa belle demoiselle a connu un tel succès, mais il (l'aubergiste) n'est plus qu'un vieil homme laid et sa vanité le maintient à distance de sa chère demoiselle. Il lui transmet ses vœux les plus sincères ».

Au son de ces mots attendrissants, Graham ôta sa perruque et se mit à pleurer comme un enfant. Il s'assit à côté de la servante et sanglota pendant un long moment. Lorsqu'il reprit le dessus de ses émotions, il se rendit compte que le reste de la troupe était déjà retourné à l'auberge. La scène était vide.

Graham, toujours vêtu de son splendide costume, retourna à l'auberge avec la servante. Le groupe d'acteurs attendait avec impatience son repas du soir. La servante s'en alla vite trouver de la bière pour ces gens bruyants et turbulents. « Aubergiste, où est la mangeaille? Notre mangeaille! » crièrent-ils. Au lieu de s'arrêter pour entendre les félicitations des autres membres de sa troupe, Graham alla tout droit vers le garde-manger. C'est là qu'il vit le joyeux vieil homme, le regard perdu dans le vide, préparant le dîner pour ses hôtes. Aucun sourire n'illuminait son visage… jusqu'à ce que ses yeux se plongent dans ceux de Graham, Alors, il sourit et rougit un peu de honte. L'aubergiste, à présent bien plus vieux et presque édenté, demanda : «

Qu'est-ce donc que tu veux d'un vieillard

comme moi? ». Ses mots furent étouffés par

un éclat de rire qui déclencha ce bon vieux

chatouillement que Graham reconnaissait et

qu'il sentait dans sa tête, dans son cœur et

dans son ventre. Graham salua pour la

cinquième et dernière fois face à l'aubergiste

souriant, puis il le prit dans ses bras et

l'embrassa doucement. L'aubergiste ne

l'arrêta pas, et il n'entendit pas les cris des

pensionnaires qui réclamaient leur dîner

dans la pièce adjacente. Cette nuit-là, le

repas des hôtes ne fut jamais servi.

8. Les Trois Vœux

– Mexique

San Blas est un village de 1300 âmes à peine. En théorie, cela aurait pu être n'importe quel autre village, car le plan de la ville est identique au bleu typique de douzaines d'autres pauvres hameaux de Sinaola, état poussiéreux de la côte mexicaine. Quatre chemins de terre se rencontrent en son centre; à ce carrefour, au cœur de la ville, se trouve une grande fontaine richement ornée, construite il y a fort longtemps. La statue de marbre ébréché et décoloré s'appelle « Ángel del Amor

Perdido »; elle a été si érodée par le temps que plus personne ne se rappelle ce que représente le pauvre ange mélancolique avec ses ailes repliées. Une eau étrangement fraîche et limpide s'écoule encore de ses tuyaux de fer rouillé dans un bassin grand comme une lagune, assez plein pour que tout le monde puisse venir y puiser son eau. Pour les villageois, cette eau est un miracle et sa présence prouve qu'ils sont sous la bénédiction de Dieu.

Cependant, une vieille histoire transmise de génération en génération en dit autrement : il y a plus de cent ans, un astucieux colon maîtrisa la source souterraine qui faisait

surface sur ce lopin de terre sec et aride et
en construisant la fontaine, il la changea en
perpétuelle source d'eau potable pour son
domaine qui finit par devenir la village de
San Blas. La rumeur voulait que ce colon
avait attendu pendant dix-huit ans que sa
fiancée le rejoigne en ce lieu, mais elle ne
vint jamais. Il commanda que la statue fût
sculptée et il la fit installer pendant qu'il
attendait son amour perdu; toutefois, le cœur
brisé après tant d'années d'attente
infructueuse, il perdit espoir et s'en fut en
Amérique Latine, laissant derrière lui sa
fontaine, pour qu'elle assouvisse la soif de
tous ceux qui viendraient après lui. On

n'entendit plus jamais parler de lui et son nom fut oublié.

Au sud du village se trouve l'église de Santa Rita de Cascia (saint patron des cas désespérés), avec ses murs d'adobe cuits par le soleil. Sur les portes de bois décoloré on voit encore tout juste les marques laissées par les croix. Des poules sous-alimentées, des chiens décharnés et des chèvres crasseuses errent autour de l'église et au centre du village. Au nord se trouve l'unique bar; celui-ci est assez éloigné de l'église, mais deux fois par semaine, les deux édifices se trouvent joints par le marché local. Ce-dernier engloutit tout le centre-ville sous un réseau de cordes et de couvertures, toutes connectées, depuis le bar jusqu'à l'église; ses étals offrent une sélection de viandes, de légumes et de simples produits ménagers. A droite de la fontaine, à l'ouest, se trouve le hall de réunion où se rencontrent les officiels de la ville. Ce hall sert aussi d'école pour les quarante enfants qui vivent dans les environs.

C'est à l'école que commence notre histoire. Juan-Miguel est le meilleur athlète de la classe unique, à l'école qui sert aussi de lieu de réunion dans le village de San Blas, au Mexique. Depuis plusieurs années déjà, il est le meilleur joueur de football de l'équipe de village. « Salut Juan-Miguel! », lui crient les gens avec fierté, et il leur fait signe de la main en passant dans la rue. Il est le héros local, mais il est aussi secrètement l'idole d'un admirateur timide et peu connu du nom de Santiago. Juan-Miguel et ses co-équipiers ont l'habitude de se balader en groupe à travers les rues non-pavées de San Blas, souvent ivres après une partie victorieuse. Juan-Miguel est toujours entouré d'une foule de fans lorsque les joueurs reviennent de villages alentour. Il a toujours été ce grand jeune homme, charmant et séduisant. Il dépasse tous les autres villageois en taille, ce qui ajoute encore à leur adulation pour lui.

L'existence de Santiago est pratiquement l'inverse. Il n'est qu'un élément anonyme parmi la foule. Il est intelligent, poli et tranquille. En réalité, ce jeune homme triste n'excelle en rien à l'école; si vous en parliez à quiconque de sa classe, y compris à Juan-Miguel, rares seraient ceux qui s'en souviendraient, même s'ils avaient été assis à côté de lui. Et malgré tout, année après année, chaque fois qu'il prend le chemin de l'école, son seul vœu est de passer près de Juan-Miguel qui ne remarque jamais son admirateur silencieux, qui ne voit jamais cette ombre d'homme qui sourit avec fierté quand quelqu'un cherche à attirer son attention. Santiago n'ose jamais lui adresser un salut amical, mais il ne désire rien de plus que de voir les yeux de Juan-Miguel se poser sur lui, ne serait-ce qu'une seule fois.

Un jour, durant un match contre un village avoisinant, Juan-Miguel marque le but de la victoire et cela incite les spectateurs hurlants de joie à descendre sur le terrain. Une femme lui envoie le foulard coloré qui lui couvre la tête afin qu'il puisse essuyer la transpiration qui lui coule sur le front. Après l'avoir passé sur son visage et sur ses cheveux, il jette le chiffon dégoulinant dans la foule envahissante au moment où celle-ci le soulève dans les airs en poussant des cris de victoire. Santiago aussi se trouve dans la foule et il est témoin de ce bref instant, mais ses yeux ne quittent pas le bout de tissu plein de sueur qui virevolte jusqu'à toucher terre. Santiago se jette subrepticement dans la foule et, se faufilant afin d'éviter de se faire piétiner, parvient à le récupérer.

Lorsqu'il le presse contre son visage, il s'imagine un jour le rendant à Juan-Miguel.

Néanmoins, tout ceci s'est passé il y a trois ans et l'école n'est plus qu'un vague souvenir. Et pourtant, Santiago garde le chiffon dans sa poche et le transfère religieusement de son pantalon sale au propre, à chaque fois qu'il change de vêtements.

Aucun des camarades de classe de Santiago n'est allé plus loin que la petite école. Dans ce village de 1300 têtes et dans les villages alentour, il n'y a aucune option d'enseignement supérieur. Juan-Miguel et la plupart de ses amis se font embaucher par les usines locales, par des entreprises de construction et dans les fermes environnantes. Les journées sont longues et le travail est dur et souvent dangereux, mais ces emplois représentent la seule source de revenu de la région. De fait, Juan-Miguel travaille pour une entreprise de construction qui embauche la plupart des hommes de San Blas.

Santiago travaille comme assistant de l'instituteur avec les jeunes élèves de l'école-même qui l'avait relégué aux oubliettes du passé. Il finit par déménager de chez ses grands-parents, pour s'installer dans une petite cabane d'adobe, située dans une allée à proximité d'une des rues qui gravissent la colline depuis le centre-ville. C'est un quartier pauvre et bruyant, mais c'est tout ce qu'il peut se permettre avec le maigre salaire qu'il gagne à l'école. Il n'a ni électricité ni eau courante. Il n'a même pas de porte à proprement parler, mais cela lui est égal : c'est un endroit où il peut se sentir chez lui. Tous les soirs, juste avant le coucher du soleil, Santiago descend la colline pour se rendre à la fontaine, au puits du village, et il va chercher l'eau dont il aura besoin pour sa toilette matinale. Il ne sort jamais après la tombée du jour par crainte des rues sombres et des dangers de la nuit. Ensuite, à la lueur

d'une chandelle, il passe son temps à lire

des livres qu'il emprunte au travail; heureux,

il lit jusqu'à ce que ses paupières se ferment

d'elles-mêmes, puis il souffle la bougie et

dort profondément jusqu'à l'aube.

Les vendredis, la plupart des hommes des

sites de construction se réunissent

généralement au bar local et y boivent

jusqu'à tard dans la nuit. Après, ils sortent

bruyamment et retournent trébuchants vers

leur femme et leur famille aux premières

heures du jour. Certains vont même au

bordel.

Un vendredi en particulier, Santiago va, avant la tombée de la nuit, chercher son eau pour le lendemain, comme il le fait chaque soir. La plupart des villageois sont déjà partis lorsqu'une vieille femme édentée et vêtue de haillons s'approche de lui. « Amigo, je meurs de faim et je suis trop pauvre pour pouvoir m'acheter à manger. J'ai besoin d'argent, juste quelques pièces pour me permettre de tenir jusqu'à demain. Peux-tu m'aider? ».

Santiago a toujours eu une petite faiblesse dans son cœur pour les démunis et les personnes âgées. Lui-même est assez pauvre, mais en regardant dans les yeux doux de la mendiante, il met aveuglément la main dans sa poche pour lui donner le peu de monnaie qu'il a. Au moment de lui tendre les pièces, elle saisit vivement ses mains entre les siennes. Ce geste agressif le prend par surprise, mais il ne rompt pas le contact. La vieille femme se met spontanément à prier. Elle murmure : « Dieu est venu pour t'accorder un vœu, mais tu ne dois pas être égoïste, tu dois partager ce vœu afin qu'il se réalise ». Lorsqu'elle le relâche, Santiago, abasourdi, s'éloigne à la hâte, se demandant tout le long du chemin si elle était peut-être un peu folle. Malgré tout, il ne regrette pas de lui avoir donné toute sa monnaie.

Ce vendredi soir, justement, Santiago se blottit près de sa petite bougie de lecture sur la table alors que des éclats de rire lui parviennent de l'extérieur. C'est vendredi soir et les gens sont dehors partout, faisant la fête et s'offrant du bon temps. Vers trois heures du matin le bruit s'est réduit à un cri occasionnel, mais Santiago ne s'en est pas aperçu. Il est si absorbé dans sa lecture qu'il a perdu toute notion du temps. Bientôt, ses yeux commencent à fatiguer et il se prépare à sombrer dans le sommeil. Au moment de vider ses poches avant de se déshabiller, il se rend compte que le bout de tissu qu'il garde depuis trois ans en souvenir de Juan-Miguel a disparu. Il s'écrie : « Oh pitié, mon Dieu, non! ». Puis, il se souvient d'avoir mis la main dans sa poche pour aider la vieille femme près de la fontaine : le chiffon a dû tomber à ce moment-là.

Effrayé et nerveux, il s'aventure dans la nuit noire et rebrousse chemin jusqu'à la fontaine. En utilisant sa bougie pour s'éclairer, Santiago suit le périmètre du puits jusqu'à ce qu'il retrouve le tissu sale qui représente tant pour lui. Au moment de faire demi-tour pour rentrer, il aperçoit un homme qui se dirige vers le bas de la colline, trébuche et se fracasse la tête sur un muret

de pierre. Santiago accourt vers l'homme

blessé. Dans ses mains, il tient le vieux

chiffon et la chandelle vacillante. Il place

celle-ci sur le muret et retourne en courant à

la fontaine pour laver le tissu afin de pouvoir

nettoyer la blessure sur la tête ensanglantée.

Ángel del Amor Perdido le regarde en

silence.

Alors qu'il essuie le sang sur le visage de

l'inconnu, il s'aperçoit qu'il s'agit de son bien-

aimé Juan-Miguel. Ce-dernier est

pratiquement inconscient, et Santiago fait

usage de toute sa force pour l'aider à se

lever. Les deux hommes retournent maladroitement chez Santiago.

Celui-ci déshabille lentement Juan-Miguel et le couche doucement sur son lit. Juan-Miguel est secoué de tremblements et de sueurs froides mais un Santiago attentionné s'occupe de lui, même si ses murmures sont trop faibles pour que le jeune homme confus puisse les entendre. Dans le noir, à mesure que les mains de Santiago caressent la peau brûlante de Juan-Miguel, il répond en gémissant et attire Santiago près de lui. Ils font l'amour jusqu'à épuisement et finissent par s'endormir dans les bras l'un de l'autre.

Juan-Miguel s'éveille au bruit du vent battant le rideau qui couvre l'entrée de la chambre de Santiago. Des rayons de lumière l'éblouissent et n'illuminent qu'une partie de cette pièce unique. Il voit les traces de son sperme desséché aux côtés de l'étranger, ses vêtements sont éparpillés partout, sa gueule de bois lui vrille le crâne. Il est immédiatement horrifié par ce qu'il a fait et ce souvenir lui donne envie de vomir. Il ramasse ses affaires et s'habille en vitesse. Avant de partir, il jette un prudent coup d'œil à l'homme endormi qui avait été couché si près de lui. Santiago lui semble familier, mais il paraît si délicat, si faible aux yeux de Juan-Miguel.

Plus tard dans la matinée, Santiago se réveille seul dans sa chambre. Il se demande si les événements de la nuit passée étaient autres qu'un de ses nombreux fantasmes. Puis, il voit le chiffon ensanglanté sur la table. La vérité le frappe de plein fouet, et pourtant, il est tout seul. Encore endolori suite à l'escapade de la nuit précédente, il décide de faire ses courses au marché et laisse sa journée suivre son cours, faisant semblant que rien n'a changé.

Juan-Miguel se précipite chez lui, dans les

collines résidentielles de la ville, jurant de ne jamais remettre les pieds près de cette allée. Les sons et les odeurs de la cuisine de sa mère l'accueillent chez lui. Elle le gronde pour avoir fait la fête toute la nuit, mais finit par jeter ses mains en l'air comme si elle ne savait plus quoi faire. Elle se tourne vers lui : « J'ai parlé à Doña Linda. Tu sais, sa fille est toujours la plus belle de toutes et elle me ferait un beau petit fils », ressassa-t-elle en espagnol. Puis, elle le taquina : « Va donc lui apporter ce panier de fruits que j'ai acheté au marché. »

Juan-Miguel respecte sa mère, mais il ignore

sa demande et la repousse pour aller à la salle de bains. Sa tête le fait toujours souffrir et il veut laver la souillure de son corps. Laver les pêchés de la veille. Il sent la blessure qu'il s'est faite à la tête lors de sa chute. Il rumine le souvenir de ce visage familier; il pense à l'homme qu'il a vu dans le lit, puis tente vite de l'oublier. Il se compose une mine agréable à afficher devant sa mère et sa sœur pendant qu'elles mangent un petit-déjeuner composé d'oeufs et de fruits. Elles ne peuvent pas s'imaginer le tourment qui lui déchire les entrailles. Il mange en silence.

La mère de Juan-Miguel est une figure dominante. Bien que de petite stature, elle exerce sur ses enfants un pouvoir sans limites. Aujourd'hui, elle veut que Juan-Miguel aille voir la fille de Doña Linda, Isabella, et qu'il apporte des fruits à sa famille, qu'il fasse toute les petites réparations dont elle pourrait avoir besoin, et qu'il passe un peu de temps chez elle. Il déteste cette requête, mais il y accède tout de même à contrecœur, ne serait-ce que pour échapper aux remarques incessantes de sa mère.

Le mari de Doña Linda a perdu la vie alors

qu'il faisait le même genre de travail que Juan-Miguel, sur le site de construction. C'est dur pour une veuve d'élever seule un enfant, et Juan-Miguel a de la peine pour elle. Ils sont aussi pauvres et nécessiteux que quiconque, mais elle a la plus belle fille du village, Isabella. Les deux mères pensent qu'il est approprié que leurs enfants, beaux et apprécié de tous, soient unis; toutefois, les enfants sont d'un autre avis et ont leurs propres raisons pour ne pas vouloir de ce mariage.

Juan-Miguel se présente respectueusement à la porte de Doña Linda. Elle fait mine d'être surprise, mais sait que tout a déjà été arrangé; elle lui a même préparé à manger.

Doña Linda accepte les provisions que Juan-Miguel a apportées de chez lui et lui donne une liste de travaux à effectuer dans la maison. Isabella est dans sa chambre lorsqu'elle l'entend arriver et elle choisit d'y rester encore un moment. Doña Linda est fâchée qu'Isabella ne soit pas venue l'accueillir. Elle déclare d'une voix forte : « J'ai oublié d'acheter de la viande fraîche chez le boucher, je m'en vais de suite ». Les deux enfants savent que c'est un mensonge parce qu'ils sont trop pauvres pour s'offrir un luxe tel que de la viande fraîche. Juan-

Miguel réprime un sourire; Isabella, derrière la porte de sa chambre, ne fait pas cet effort.

Juan-Miguel salue Isabella au moment où elle quitte sa chambre après avoir entendu sa mère claquer la porte d'entrée. Les deux se sentent un peu mal à l'aise en compagnie l'un de l'autre. Juan-Miguel se met à réparer toutes sortes de choses et Isabella le suit de pièce en pièce, comme si elle cherchait à briser la glace. Finalement, elle parvient à articuler : « J'ai quelque chose à te dire », puis se détourne de lui, comme si elle voulait lui cacher ses larmes. Juan-Miguel surpris par ce mouvement, arrête ce qu'il faisait et s'approche d'elle. « Ma mère ne le sait pas encore, mais je vais mourir. J'ai le cancer ». Avec ses mots, elle lâche prise et fond en larmes. Il la prend dans ses bras et la serre fort. Elle est heureuse de ce geste d'affection. Elle se tourne vers lui et le supplie : « Juan-Miguel, je n'ai qu'un seul vœu ».

Juan-Miguel ne peut pas se sortir de la tête ses pensées de Santiago. Le lendemain il emmène sa mère à Santa Rita de Cascia où son grand-père, son père et lui-même furent baptisés. Juan-Miguel et sa sœur s'assoient près de leur mère, tel leur devoir les y

oblige. Isabella et sa mère, Doña Linda,
s'assoient derrière eux. Le jeune homme
s'agenouille sur le sol de bois et prie pour
que disparaisse l'agitation qui le tourmente.
Le service catholique est d'une grande
simplicité. On y joue de la musique
magnifique sur des guitares. Après la
messe, les familles vont au marché pour que
les mères puissent préparer le repas spécial
du dimanche. La mère de Juan-Miguel vient
de rentrer de l'église et s'apprête à se rendre
au marché, comme elle le fait toujours. Son
fils l'accompagne pour porter ses sacs.
Normalement, il passe son temps avec les
hommes du village et parle de sport.

Toutefois, ce jour-ci, du coin de l'œil il voit l'homme avec qui il a couché deux nuits plus tôt. Juan-Miguel se positionne derrière un groupe d'hommes afin de ne pas se faire remarquer pendant qu'il étudie le type de loin. Santiago, non conscient d'être l'objet de cette attention, continue à s'affairer avec ses courses du jour, sifflotant une joyeuse mélodie et négociant avec les vendeurs pour obtenir leurs meilleurs prix.

Le soir, allongé sur son lit, Santiago rêve encore de cette nuit et se demande où Juan-Miguel s'en est allé et s'il le reverra un jour. Il demande doucement à la nuit : « Où es-tu

Juan-Miguel? Es-tu en train de penser à

moi? Es-tu aussi heureux que moi? ».

Quelques jours passent et Santiago se

remet à aller à l'école et à rentrer à pied,

routine ponctuée par d'occasionnelles

sorties au marché et à l'église. La

promenade vers la fontaine au milieu du

village demeure son rituel du soir et il

regarde alors attentivement les quatre routes

pour y apercevoir un quelconque signe de

Juan-Miguel. Mais celui-ci n'apparaît jamais.

Une fois par semaine, Santiago se rend chez

sa sœur qui vit à deux villages de là, à El

Fuente. Leurs parents sont morts alors qu'ils

étaient encore à l'école et leurs grands-parents maternels les ont accueillis chez eux. Ils sont gentils, mais très pauvres aussi, et ils n'ont que peu de nourriture à épargner pour alimenter les deux enfants. Santiago et sa grande sœur, Clara, dorment côte-à-côte sur des palettes de paille, par terre, et ils entendent leurs grands-parents malades évoquer l'orphelinat à voix basse. Ils savent qu'ils ne vont pas pouvoir rester longtemps. Par conséquent, la sœur de Santiago se marie au jeune âge de quinze ans, avant même d'avoir fini l'école. Elle épouse un gros boucher nommé Ramón, qui a treize ans de plus qu'elle, mais cela lui est égal. Il peut subvenir à ses besoins et c'est tout ce qui compte pour Clara. Elle s'assure toujours d'avoir quelques belles tranches de bœuf ou de poulet pour son cher frère qui vient la voir tous les jeudis.

Santiago se sent coupable que sa sœur ait été obligée d'épouser un homme si vieux et si gros, juste pour éviter d'être mise à la rue. Ils avaient passé l'âge pour être acceptés à l'orphelinat. Elle ne lui raconte jamais combien elle est heureuse d'être mariée. Elle ne lui dit jamais combien elle rêve d'avoir un enfant à élever. Ils échangent peu de mots; cependant, ce silence n'est jamais gênant; il est confortable. Il vient déjeuner chaque jeudi et il mange tranquillement. Une fois le repas terminé, elle lui emballe un peu de nourriture et le serre dans ses bras quand il s'en va. Ils sont satisfaits de leur vie et se plaignent très peu.

La nuit après sa visite chez Clara, il est réveillé par des bruits étranges à sa porte. Craignant qu'il s'agisse d'un voleur, Santiago est surpris de voir apparaître Juan-Miguel. Il tient entre ses mains des planches de bois et porte la ceinture à outils de son travail. Il salue Santiago avec peu de mots et se met à fabriquer une porte qui le protègera du monde extérieur.

Santiago se hâte de lui préparer quelque chose à manger, mais il refuse son offre. Il ne prend qu'un verre d'eau. Santiago regarde son bien-aimé travailler sans relâche sur cette porte : ses muscles sont bien dessinés sous un voile brillant de transpiration alors qu'il coupe le bois et l'arrange à la perfection. Santiago est tellement submergé de joie qu'il croit rêver. Enfin, Juan-Miguel ferme la porte avec un 'clic' décisif.

Santiago va pour l'embrasser, pour lui montrer sa gratitude, mais il se fait repousser. Confus, il s'approche de nouveau de son bien-aimé, mais il est frappé à terre.

En larmes, il touche la main de Juan-Miguel, lui faisant signe de rester. Ce-dernier s'assied sur le lit et réfléchit intensément. Son instinct dominant lui dicte de partir, mais son désir irrationnel l'incite à rester. En choisissant de rester, il se rend compte qu'il éprouve pour Santiago un amour véritable. Il se tourne vers lui et ils s'embrassent.

Au petit matin, alors que Juan-Miguel se prépare à partir, Santiago à moitié endormi lui demande l'impossible : « Est-ce que nous pourrons passer notre vie ensemble quelque part? Juan-Miguel, c'est mon seul vœu ».

Santiago le supplie des yeux.

« C'est impossible, Santiago », l'interrompt

Juan-Miguel, « Mon vœu est de fonder une

famille. Je suis navré ».

Toute la journée, au travail, il ne parvient pas

à se sortir Santiago de la tête. Ses

sentiments coupables envers un autre

homme assombrissent ses devoirs

professionnels. A la fin de la journée, il est

dans un état d'épave émotif, épuisé de

fatigue. Il rentre chez sa mère et lui

demande d'inviter sa chère amie Doña Linda

et sa fille à dîner, pour qu'il puisse faire une

déclaration.

Santiago n'entend pas parler du mariage. Il lit la nouvelle dans le journal local. Ses émotions sont si fortes que sa vision devient floue lorsqu'il lit l'entête : « Juan-Miguel Hernandez va épouser Isabella Echaniz ». Santiago voit le papier dans un stand à côté des autres que vend le marchand. Il en achète un exemplaire et rentre chez lui tant bien que mal, titubant d'incrédulité.

Chaque nuit jusqu'au mariage, Santiago pleure jusqu'à ce que le sommeil vienne le prendre. La noce est un événement si joyeux et excitant que le village entier cesse de fonctionner normalement afin que tout le monde puisse assister à la célébration. Même Santiago se glisse discrètement dans l'église de Santa Rita de Cascia, si pleine de monde que l'on ne peut y tenir que debout.

Il regarde Juan-Miguel réciter amoureusement ses vœux à Isabella. Celle-ci est tellement belle qu'aucun homme, aucune femme et aucun enfant présent ne peut arracher ses yeux d'une telle vision. Les villageois célèbrent l'événement béni pendant toute la nuit, buvant, jouant de la musique et dansant allègrement. Tout le monde est heureux. Santiago écoute la musique, tout seul, dans l'obscurité de sa chambre. Alors qu'il se laisse emporter par le sommeil, sa porte nouvellement installée s'ouvre et il se trouve face à Juan-Miguel, ivre, sa silhouette découpée dans l'encadrement de la porte, semblant porter le halo de la nuit.

Au lieu de le prendre dans ses bras, Santiago le frappe de toutes ses forces, faisant pleuvoir les coups sur sa poitrine. Juan-Miguel est tellement ivre que cela le déséquilibre et ils tombent tous deux à terre, formant un tas de membres emmêlés. Finalement, ils s'endorment, bras et jambes entrelacés. Au moment où le soleil point à l'horizon, Santiago se réveille avec seulement un vague souvenir de la veille.

Il essaye de retourner à sa routine, mais n'y parvient pas. Bien que l'existence de Santiago ait été monotone jusque là, elle était aussi tranquille et sûre, et Juan-Miguel a détruit tout cela. Maintenant, Santiago lutte pour sortir du lit. Il cherche désespérément entre ses draps dans l'espoir de trouver quelques fins cheveux laissés par Juan-Miguel. Parfois, il ne se lève que pour boire un verre d'eau ou pour aller uriner dans l'allée devant chez lui. Les jours vont et viennent et la cire de ses bougies finit par

recouvrir la table. Quand il n'en peut plus, il

prie sa sœur de demander à son mari de

l'embaucher.

Le beau-frère de Santiago finit par céder aux

supplications de Clara. Toujours sans

enfant, ils ont une chambre supplémentaire

à offrir à son frère. Ceci dit, seulement

jusqu'à ce qu'un bébé arrive. Santiago

emballe le peu d'affaires qu'il a et va vivre

avec sa sœur et son beau-frère, à El Fuente.

Deux années se sont écoulées depuis que

Santiago a laissé derrière lui son village

natal et tout ce qui le faisait souffrir. C'est la veille de Noël et Santiago va à la messe avec Clara. Lorsqu'ils rentrent à la maison, ils trouvent toutes les lumières allumées. Clara, paniquée, pense qu'il a dû arriver quelque chose à son mari et se précipite à l'intérieur. Cependant, ils sont surpris et choqués de voir Juan-Miguel et Ramón assis à la table de la cuisine. Lorsque Juan-Miguel se tourne vers eux pour les saluer, ils s'aperçoivent qu'il tient un bébé dans ses bras. Après quelques petites plaisanteries, Juan-Miguel tend le nourrisson à Clara, qui n'en revient pas. Puis, il fait signe à Santiago de le suivre dans la pièce d'à côté.

« Santiago, je suis revenu te chercher. Tu rentres à la maison avec moi. Ma femme est morte. Elle était atteinte de cancer avant même qu'on se marie, et on savait qu'elle n'en avait plus pour très longtemps. Son seul vœu était d'avoir un enfant, un héritage qu'elle voulait offrir au monde avant de mourir. J'ai gardé ma promesse en devenant le père de cet enfant et à présent, je suis libre. Ton beau-frère, Ramón, est d'accord pour élever l'enfant avec ta sœur, comme si c'était le leur ».

Aucun mot n'est échangé alors que Santiago emballe ses affaires pour quitter le logis de

Clara et de Ramón. Alors que des larmes de joie emplissent les yeux de sa sœur, elle le serre dans ses bras, pleine de reconnaissance et lui souhaite ce qu'il y a de mieux. Pendant que Santiago et Juan-Miguel marchent bras-dessus bras-dessous sur le chemin de terre poussiéreux, ils entendent un bruissement dans l'air derrière eux. Ils se retournent mais ne voient rien d'autre que le bleu du ciel. En riant, Juan-Miguel hausse les épaules et dit : « Ça devait être un ange ».

Santiago lève les yeux et murmure :
« Merci ».

9. Le 'Barton'

– France

Dans le royaume de Cobolt vivait un prince
assez gâté. Il était séduisant, fort et vif
d'esprit. C'était un charmeur et son
excentricité enchantait tous ceux qui le
connaissaient. En privé, les gens disaient
qu'il ne pouvait pas passer devant un miroir
sans s'arrêter pour admirer sa propre
beauté.

Le prince réclamait des faveurs
scandaleuses à Clovis, qui était le fils du
pâtissier royal. Celui-ci accédait à toutes les

requêtes du prince ingénu, créant ainsi de nombreuses rumeurs au sein de la cour royale. Le prince faisait appel à Clovis jour et nuit, au grand désarroi du chef pâtissier.

La cour avait aussi un messager royal officiel appelé Bartoner. Il était le fils d'un fermier local, qui venait de la campagne environnante. Un jour, il dut rester tard au château, car les sessions de la cour n'en finissaient pas. Il était minuit passée lorsque vint son tour de présenter les rapports des récoltes et le progrès de celles-ci. Il était si fatigué qu'il savait qu'il n'arriverait pas à faire le chemin du retour cette nuit-là. Il décida de se faufiler dans les écuries royales pour y dormir en cachette.

Il fut éveillé par un bruit dans l'écurie. Quand il se tourna, il vit de ses propres yeux Clovis offrant ses faveurs au prince. Lorsque le prince sortit pour se soulager, Bartoner prit l'initiative de mettre Clovis en garde.

« J'ai vu performer ce genre d'acte auparavant », dit Bartoner. « Il arrive souvent qu'un ouvrier agricole procure du plaisir à son maître ». Clovis était furieux face à un tel acte d'espionnage – de surcroît de la part d'un homme aussi commun que

Bartoner, un simple employé de ferme. «
Comment osez-vous m'adresser la parole? »
demanda Clovis. « Demain j'en aviserai le
prince et je vous ferai battre ».

« Ayez pitié, Clovis! Je voulais juste vous
prévenir que le prince va se marier. J'en ai
entendu parler aujourd'hui ».

« Sornettes! », dit Clovis et sortit de l'écurie
en coup de vent.

Toutefois, le lendemain, un grand festin fut
annoncé pour marquer les fiançailles du
prince. Au même moment, Clovis fut

condamné par un ordre royal à rester dans les cuisines jusqu'après la noce.

Durant la réception royale, le prince réclama aux cuisines des tartelettes à la framboise. Il lui fut rapporté qu'il n'y avait pas de framboises à disposition. Le prince se servit de cette nouvelle pour battre le pauvre Clovis en public, sous prétexte d'avoir failli à sa tâche. Clovis prit ceci comme un outrage et dès lors, se mit à haïr le prince. Frustré et humilié, il se précipita dans l'écurie et y versa de chaudes larmes.

Bartoner revenait de la cour royale lorsqu'il entendit Clovis pleurer dans l'écurie. Il lui demanda ce qui n'allait pas. Clovis lui expliqua tout et dut reconnaître que Bartoner avait eu raison pour ce qui était du prince. Le jeune messager lui dit de ne pas se faire de souci et de se rendre en ville pour faire faire des tartelettes de baies fraîches par un des cuisiniers du monastère. Lorsque le dessert fut présenté au prince, celui-ci accusa Clovis de l'avoir volé. Toutefois, comme Bartoner était présent, il s'avança devant le prince. « C'est moi qui ai amené ces tartelettes et, pour cela, c'est moi qui devrais être puni ».

« Très bien », dit le prince.

Bartoner fut traité de bandit et dépouillé de ses devoirs. Il rassembla ses affaires à la ferme où il avait vécu, mais il n'avait nulle part où aller.

Clovis lui était si reconnaissant qu'il fouilla dans son cœur et, conscient de la honte qui s'y abritait, il demanda à Bartoner de venir vivre avec lui et son père en tant qu'apprenti dans le garde-manger. Bartoner accepta d'étudier la profession à ses côtés et tous furent très heureux – tous, sauf le prince.

Au moment de recevoir sa future mariée, il s'aperçut qu'il ne pourrait jamais l'aimer car Clovis était le véritable objet de ses désirs. Bien des années plus tard, après la mort du roi, le prince fit appeler Clovis et lui demanda d'accepter une place à la cour. Clovis, dont le père était mort lui aussi, était à présent pâtissier en chef avec son tendre amour, Bartoner. Clovis refusa l'offre du nouveau roi afin de rester aux côtés de Bartoner, laissant le monarque dans une profonde misère émotive pour le restant de ses jours.

Et voilà pourquoi, dans certaines contrées, le mot « barton » veut encore dire « aide de champs ».

10. L'Amour de Falleron et d'Ibsen

– Grèce (à l'époque romaine)

Falleron venait d'un village champêtre du centre de la Grèce. L'endroit était rural et ses gens étaient simples. Enfant, il avait été libre et heureux. Ses longs cheveux bouclés contrastaient avec son attitude virile, et le tout lui donnait un charme angélique. Il était vif d'esprit, agile et d'humeur changeante, bien que populaire auprès des enfants de son âge. Il ne jouait pas avec n'importe qui. Ce n'était que par pure solitude qu'il développa une tolérance envers le fils du voisin, un garçon nommé Ibsen. Les caractéristiques d'Ibsen étaient plus ou moins opposées à celles de Falleron : il était grand, fort, lent d'esprit et jovial. Ibsen voyait en Falleron un véritable génie et il le suivait partout. Il savait aussi que son compagnon avait du mal à apprendre des travaux pratiques. « Falleron, espèce de fils paresseux aux grands rêves, tu dois apprendre à travailler à la ferme avec moi », répétait souvent son père pour le gronder lorsqu'il refusait de l'aider. Falleron, malin comme il était, convainquit Ibsen d'aider son père à sa place en échange de son amitié. Ibsen obéit et tout le monde était heureux.

Falleron et Ibsen partageaient tout. Chaque année, lorsque l'armée romaine passait par le village en route vers le champ de bataille, ils allaient la voir défiler. Les deux garçons se faufilaient sous la tente de l'armée, se cachaient derrière des caisses et admiraient la splendeur de ces cérémonies. Ils y restaient pendant des heures parce que Falleron insistait; il était captivé par tout cela. Une fois, ils restèrent peut-être un peu trop longtemps, car à mesure que la nuit avançait, l'alcool coulant à flots, une orgie commença à avoir lieu parmi les étrangers hédonistes. Ibsen et Falleron n'étaient pas naïfs au point de ne pas reconnaître de tels plaisirs de la chair; néanmoins, le fait d'en

témoigner à si grande échelle était tout de

même impressionnant.

« Falleron, qu'est-ce que tu fais? »,

demanda Ibsen en regardant son ami sortir

de l'ombre et s'approcher de la foule lascive.

Falleron avança parmi les corps enlacés

jusqu'à ce qu'un homme gras, chauve et

complètement nu le prenne par la main et

l'entraîne dans l'orgie. Falleron fut

entièrement déshabillé et dévoré par tous

ceux qui l'entouraient. Ibsen regarda,

horrifié. Falleron n'émergea pas avant l'aube

auprès d'Ibsen, qui l'avait attendu

patiemment. Il ne fut plus jamais le même par la suite. Le goût de ces nobles plaisirs était devenu l'objet du désir qui le rongeait.

Pendant des mois, Falleron traita Ibsen comme un chien. C'était même humiliant pour le pauvre garçon, loyal et stupide. Il se faisait taquiner pour son bégaiement et se voyait poser des questions qui le confondaient. Cela le blessait, mais il restait loyal malgré tout. Pour lui, Falleron était doté d'une beauté et d'une intelligence pure – il était tout ce qu'Ibsen n'était pas. Bien que celui-ci développât vite au cours de la puberté une beauté virile qui lui était propre, cette qualité se faisait souvent éclipser par son manque d'intelligence. Il allait voir Falleron pour résoudre chaque complexité qu'il rencontrait sur son chemin, même si, pour tout autre, la solution aurait semblé très simple. Falleron se fatigua de tant de responsabilité et hurlait souvent à Ibsen combien il était bête.

A l'âge de 16 ans, Ibsen était devenu un véritable Apollon, frappant de beauté avec un corps merveilleusement sculpté. Il était le plus grand et le plus fort des hommes du village. La beauté de Falleron, bien que remarquable, pâlissait devant celle d'Ibsen.

La vie de petit village grec finit par ennuyer Falleron. Il voulait s'éloigner de l'idée qu'il n'était qu'un simple fils de fermier; par conséquent, il se mit à prendre des leçons qui l'aideraient à se faire accepter en tant qu'étudiant à Rome. Issu d'une famille sans argent, il savait qu'il allait devoir être créatif pour trouver les fonds nécessaires.

L'opportunité se présenta lors de sa prochaine visite aux nobles romains. Il savait que le moment qu'il avait vécu dans la tente se reproduirait lorsque les nobles pédophiles voudraient de nouveau goûter de la jeune chair innocente. Cependant, cette fois-ci, un garde l'empêcha d'entrer. « Garçon fermier, éloigne-toi! » lui lança le garde en brandissant son épée. « Je suis venu avec un message pour ton seigneur », dit Falleron, énervé par le refus du garde. Falleron savait qu'il lui faudrait faire en sorte que quelqu'un à l'intérieur de la tente entende ses mots afin d'avoir raison de la sentinelle. « Dis-lui que je peux lui amener un homme au physique impressionnant, généreusement doté par la nature », cria Falleron dans l'espoir qu'un courtisan à l'intérieur arriverait à l'entendre. Les mots tombèrent dans la bonne oreille, mais celle-ci se trouvait derrière lui : le maire de la ville savait reconnaître une bonne opportunité quand il en voyait une. « Ah bien, Falleron,

tu viens offrir du plaisir à nos invités? » lui

demanda le maire. Falleron savait que cet

homme était avare, que ce bandit lui ôterait

la moindre chance de réussite. Néanmoins,

comme il était désespéré, il dit « Oui, Ibsen a

de nombreux charmes qui sauraient, j'en

suis sûr, ravir ce bon public ».

« Dans ce cas, je vais attendre ici que tu me

l'amènes, puis nous entrerons tous

ensemble, en invités des miens. Mais

souviens-toi, Falleron, que tu es un membre

de mon parti et que tu te dois de suivre ma

direction ». Falleron rentra à la hâte et trouva

Ibsen travaillant dans les champs, là où
Falleron aurait dû être. « Viens, dépêche-toi!
», lui cria-t-il. Il lui en voulait déjà et il ne
savait même pas pourquoi. Ibsen le salua
gentiment, puis abandonna docilement ce
qu'il était en train de faire pour suivre son
compagnon. Lorsqu'ils arrivèrent, Falleron le
présenta au maire qui les attendait. « Posez
vos yeux sur ceci et régalez-vous », dit
Falleron, puis sans ambages, il arracha le
pagne d'Ibsen pour révéler un grand pénis
flasque, dont les proportions étaient
impressionnantes, même au repos. Ibsen,
embarrassé et confus, saisit son pagne afin
de se couvrir. « Il fera largement l'affaire,

Falleron. Beau travail » affirma le maire

alors qu'il commençait à les escorter sous la

tente. Ibsen se rappela de leur incursion

sous une tente lorsqu'ils étaient enfants, il y

avait des années de cela et il refusa de se

joindre à eux. Falleron, très énervé, battit

furieusement Ibsen jusqu'à le faire pleurer. «

Tu feras ce que je te dis de faire ou alors

nous ne serons plus amis! » hurla-t-il. Ibsen

s'essuya le visage et, comme toujours, finit

par obéir.

Lorsque le maire fut annoncé au noble,

Ibsen prit place au centre de la scène. «

Chers nobles et politiciens romains, je vous

présente un homme aux attraits si exquis que vous croirez que j'ai déguisé un étalon en humain ». La foule, bruyante jusque là, regarda le simple maire en émerveillement. C'est alors que Falleron poussa Ibsen, sanglotant, vers le maire. « Offrez-donc cette belle pièce à vos yeux et à vos bouches ! » exclama le maire. Réagissant à ce signal, Falleron arracha une fois de plus le pagne du pauvre Ibsen et révéla son trésor. La foule fut ébahie et se mit immédiatement à saisir le jeune homme. Ibsen demeura de marbre. Ses yeux tristes étaient fixés sur Falleron comme pour lui demander « Pourquoi? ». Le pénis d'Ibsen commença à durcir au toucher des autres, mais il ne

réagissait qu'à l'acte, dénué d'émotion; la

foule se laissa aller à une excitation sexuelle

à laquelle Ibsen ne prit part que

passivement, même s'il finit par éjaculer.

Rien de tout ceci ne lui plaisait et il aurait

voulu que cela n'arrive plus.

Falleron aussi se joignit à la foule, mais il

était guidé par une mission particulière :

celle de dénicher quelqu'un qui lui serait plus

utile. Durant cette orgie, il se trouva un riche

vieux marchand du nom de Laudius, qui

voulait l'amener à Rome avec lui et en faire

son amant. Sous le prétexte de partir pour

étudier, Falleron fut offert au marchand et se mit aussitôt en route pour la capitale.

Ibsen ne savait rien de cet arrangement et lorsqu'il vit Falleron sur une charrette s'éloignant du village, il se lança à sa poursuite, l'appelant : « Falleron! Falleron! Où vas-tu? ». Celui-ci regarda en arrière et répondit : « Je m'en vais, pour toujours! « Isen tenta de rattraper la charrette et réussit enfin à s'y accrocher, mais ce ne fut que pour se faire rejeter par Falleron. « Obéis-moi, Ibsen. N'essaye pas de venir me trouver. Fais ta vie tout seul pour une fois! ».

Si Falleron avait pensé que sa vie à lui serait heureuse et pleinement satisfaisante à Rome avec son nouvel amant, Laudius, il se trompait amèrement. Laudius était marié avec une vieille mégère qui lui donnait de bonnes raisons de vouloir voyager autant. La villa était beaucoup plus petite qu'il ne se l'était imaginée, mais le problème majeur était que la femme de Laudius gouvernait la maison d'une main de fer. Falleron était condamné à loger dans les quartiers des esclaves, dont les standards étaient encore plus bas que ceux qu'il avait connus chez lui.

Falleron fit du mieux qu'il pût avec ce qu'il avait et se concentra sur ses études. Il se fit rapidement une renommée au gymnase et dans les halls d'études. De nombreux érudits, écrivains et philosophes louaient son esprit et ses talents. Il était souvent invité à des fêtes et à des réunions et, bien sûr, il s'y rendait toujours avec Laudius. Il savait qu'il serait sot de mordre la main qui le nourrissait. L'avantage-clé de Falleron était que la femme de Laudius, consciente de sa beauté limitée et de son attitude encore plus discutable, ne s'aventurait jamais hors de la villa, laissant ainsi à Laudius le luxe d'emmener Falleron partout avec lui. Dans tout Rome,on ne parlait que des deux

hommes. Falleron alla jusqu'à se livrer à des

batailles d'esprit avec des poètes tels que

Martial et Ovide, présents à certains galas,

au grand amusement des spectateurs.

La vie prit un tournant idyllique pour Falleron

et - qui l'eût cru? – l'amour et l'admiration qui

existaient entre lui et Laudius ne firent que

croître. Quelques années plus tard, la

femme de Laudius mourut de ce que nous

appelons aujourd'hui un empoisonnement au

plomb,mais qui était alors un mal inconnu.

Des rumeurs coururent que Falleron l'avait

tuée; celui-ci plaisantait que l'on avait enfin

créé une concoction qui rendait les épouses indésirables plus plaisantes à travers la mort.

Falleron emménagea vite dans la villa principale et il fut capable d'organiser ses propres fêtes somptueuses. Oui, tout alla pour le mieux pendant près d'une décennie. On ne parlait jamais de Falleron sans évoquer Laudius. En dépit de sa laideur, le premier voyait le second comme la clef de sa liberté et de la magnificence qui faisaient à présent partie de sa vie. Il fut accordé à Laudius l'honneur d'être nommé marchand favori.

Tout ceci toucha à sa fin lorsque Laudius mourut subitement. Falleron tomba dans un profond désespoir, un deuil si douloureux que personne n'en avait jamais vu de tel. Lors de l'enterrement de Laudius auprès de sa femme dans la Vallée des Nobles, les sanglots et les gémissements de Falleron firent écho depuis la chambre mortuaire et se répandirent dans la ville entière. Lorsque la foule se fut éparpillée et que la cérémonie de la mise en terre eut pris fin, Falleron demeura au pied de la tombe, inconsolable. Des serviteurs de sa résidence lui apportaient régulièrement de la nourriture, mais Falleron refusait de manger. Il refusait de se laver. Il se mit à délirer pendant plusieurs jours.

Au sommet de la Vallée des Nobles, des soldats romains préparaient des nœuds coulants pour pendre des chrétiens. Ils entendirent les pleurs venant d'en bas,mais ils continuèrent à accomplir leur tâche. Les chrétiens furent pendus sans cérémonie; les valets avaient pour ordre de laisser les corps pour qu'ils pourrissent sur place. Les jurés savaient que les victimes chrétiennes allaient devenir des martyrs pour les autres fidèles de leur religion et ils ne voulaient pas leur offrir d'enterrement. Des soldats étaient

censés monter la garde jour et nuit devant
les corps suspendus au cas où des chrétiens
approcheraient pour tenter de les récupérer
et de les enterrer décemment.

Les gardes tournaient régulièrement et une
nuit, l'un d'eux entendit une faible voix,
presque surnaturelle, venant d'en-dessous.
Tout d'abord, il fut capable d'en faire
abstraction, mais il y avait quelque chose
dans cette voix qui lui paraissait
extrêmement familier. En gardant un œil sur
l'objet de son devoir, le garde descendit le
mur qui menait à la Vallée des Nobles pour y
trouver un homme, crasseux et à peine

conscient, à deux doigts de la mort.

Crachant sur un chiffon, le garde essuya la saleté qui couvrait le visage émacié et découvrit qu'il s'agissait de Falleron. Le garde n'était autre qu'Ibsen. Il plongea son regard dans les yeux vitreux de son ami et lui versa du vin dans la bouche avec sa gourde. Tout au long de la nuit, il s'évertua à faire reprendre conscience à Falleron en évoquant leur passé. Falleron lui demanda de la nourriture et Ibsen, obéissant comme toujours, gravit le haut mur pour retourner à son poste et ramener quelque chose à manger.

Lorsqu'il revint aux côtés de Falleron, il le trouva en larmes, pleurant encore son amour perdu. Ibsen nourrit Falleron et le tint contre lui jusqu'aux premières lueurs du jour. Ils établirent une connexion qui leur avait échappé pendant leur jeunesse : leur respect et leur compréhension mutuels avaient atteint un niveau d'égalité jusqu'alors inconnu. Ibsen avait passé toute sa vie à servir dans l'armée, mais n'avait jamais réussi à se faire un nom. Il était encore assez simple d'esprit, mais il était heureux.

Pendant que le temps passait, des chrétiens s'affairaient à décrocher leurs frères pendus;

Ibsen ne s'en était pas aperçu, mais Falleron vit une de leurs ombres à la lumière du soleil et il poussa un cri. Ibsen se précipita en haut de la colline, mais il arriva trop tard. Un des trois corps avait été libéré de son nœud coulant. Ibsen s'effondra sur le sol comme un enfant et se mit à pleurer, sachant qu'il risquait d'être mis à mort si son capitaine découvrait qu'il avait failli à sa tâche. A sa grande surprise, il sentit la main de Falleron se poser sur lui. Ibsen lui expliqua son échec et le fait que sa faute allait sans doute lui coûter la vie. Il se remit à pleurer à même le sol, en position fœtale. Falleron s'assit à côté de lui et réfléchit un instant.

Lorsqu'Ibsen s'écria « qu'y a –t-il? », il rompit le train de pensée de Falleron et le mit en colère. « Falleron, toute ma vie je t'ai obéi, mais ma dernière requête est que, pour une fois, ce soit toi qui m'obéisse ». Ibsen lui demanda un baiser. La requête était tellement hors contexte et tellement enfantine que Falleron sut à ce moment-là que l'amour d'Ibsen était pur, inchangé et inaltéré, même après tant d'années. Falleron refusa. Il avait un plan, mais il savait qu'Ibsen n'était pas assez intelligent pour y penser de lui-même. Les deux hommes redescendirent la colline pour retourner à la tombe de Laudius. Ensemble, ils repoussèrent la lourde pierre tombale afin de

révéler le corps pourrissant de Laudius. Ils

traînèrent le cadavre en haut de la colline et

l'attachèrent à la corde pour remplacer le

corps manquant du chrétien.

Le garde qui prit la relève ne s'aperçut pas

de l'échange et permit à Ibsen de quitter son

poste. Ibsen suivit Falleron jusqu'à sa villa. Il

fut émerveillé par tant de splendeur. Au

moment d'entrer, Falleron se tourna vers

Ibsen et lui dit : « Dorénavant, Ibsen, ceci est

ta maison et je t'obéirai jusqu'à la fin de mes

jours ». Falleron fit ce qui lui avait été

demandé et plaça un baiser sur les lèvres

d'Ibsen. « Rome représente de mauvais souvenirs pour nous deux, je veux qu'on rentre en Grèce », dit Ibsen. Les deux retournèrent dans leur pays natal et restèrent ensemble, heureux, jusqu'à la fin des temps.

11. Le Cercle Doré d'Halo

– Judée (Israël)

Niac, descendant d'Abraham après onze générations, regarda la terre et les animaux et les fit siens. Il eut deux fils, grands et forts, Halo et Marr. Lorsque ces deux-là devinrent adultes, Niac divisa sa propriété entre eux et ce fut leur tour de travailler la terre et de s'occuper des bêtes de somme.À Halo, il donna la terre, pour qu'il y bêche, sème et récolte, et Marr obtint les bêtes de somme. La famille était bien nourrie, car les deux frères prospéraient dans leurs travaux.

Les deux fils travaillèrent de plus en plus

dur, s'efforçant de mériter les louanges de

leur père. Une nuit, chacun d'eux eut une

vision. Halo rêva d'un grand festin après la

récolte de l'automne, où Niac chantait ses

louanges devant tous ceux qui s'y trouvaient

réunis, car Halo avait apporté des victuailles

en abondance. Marr eut la vision du même

banquet automnal, à la différence près que

Niac chantait ses louanges à lui et non celles

d'Halo, car Marr avait apporté 400 veaux

engraissés et le double d'agneaux, avec

encore plus de viande sur le côté. Ainsi,

chaque frère cherchait à faire mieux que

l'autre afin de pouvoir remporter le plus de

gloire. Toutefois, aucune louange ne sortit de la bouche de Niac et par conséquent, la compétition perdura.

Peu après, Marr trouva qu'il était bien plus fatigant de s'occuper des bêtes que de cultiver les champs et il se mit à en vouloir à son père de lui avoir fait ce cadeau, bouillant de jalousie envers son frère qui avait la tâche la plus facile. Ensuite, Marr séduisit la superbe Aliesha, espérant que sa beauté lui vaudrait les faveurs de Niac; mais Niac ne le félicita toujours pas. Ceci mit Marr très en colère et, dans sa rage, il obligea l'innocente Aliesha à faire son propre travail et à s'occuper des bêtes de somme à sa place. Par conséquent, leur mariage fur fondé sur le mépris plutôt que sur l'amour.

Halo, voyant une si belle jeune fille sujette à un tel traitement, sentit de la tristesse dans son cœur et apporta souvent des fruits et de l'eau pour la nourrir lorsqu'elle était dans les pâturages, secs et brûlants. « Oh, Halo! » sanglotait Aliesha, « tu es si bon et si doux. Je ne suis qu'une sotte. C'est toi que j'aurais dû épouser au lieu de ton frère. Je sais qu'un jour, quelqu'un saura conquérir ton cœur, et cette personne sera la plus chanceuse de toutes.

»

Comme Halo consolait Aliesha, la colère de Marr grandit encore davantage. Il voulait punir son frère, donc après que Halo et Aliesha eurent quitté les champs, Marr attela ses bêtes de somme. En les fouettant sans merci, il les guida à travers tous les champs d'Halo, piétinant tout ce qui s'y trouvait planté, laissant les terres désolées. Marr détruisit cruellement la récolte de son frère une semaine et un jour avant le grand festin de l'automne.

La veille dudit festin, Marr présenta à Niac mille agneaux fraîchement abattus et cinq cents veaux engraissés. C'était encore plus que dans la vision qu'il avait eue en rêve et il était persuadé de recevoir les félicitations de son père. Halo ne présenta à son père que quatre boisseaux de blé et deux sacs de pommes de terre, mais il n'avait rien de plus à offrir pour le festin. Ceci rendit son père perplexe et il lui demanda : « Comment se fait-il que tu n'aies produit qu'une si maigre récolte, mon fils? ».

« Je m'excuse, cher père », répondit Halo, « mes champs, bien que secs, produisaient encore en abondance, autant en matière de grain que de fruits et de légumes, lorsqu'hélas, il y a moins de deux semaines, je me suis levé au petit jour pour trouver tous mes champs piétinés et ravagés par des sabots enragés! ». À ce moment-là, Marr interjeta : « Père, Halo aurait dû mieux s'occuper de ses barrières, afin de protéger ses champs de tout intrus, ainsi que je l'ai fait avec mes pâturages. Un homme n'est point sage, s'il ne sait protéger ses biens contre les étrangers ». Niac fut d'accord avec cet avis et laissa son fils Halo à son malheur sans poser davantage de questions. Puis, Niac annonça qu'il ferait l'éloge de son fils Marr pour avoir fourni une telle abondance de viande. En entendant ceci,

Halo courut vers ses champs ruinés et

pleura amèrement.

En voyant la tristesse d'Halo, Dieu

s'adressa à la belle et innocente Aliesha à

travers son propre reflet dans un ruisseau.

Alors que la jeune fille était assise au bord

du cours d'eau, occupée à se laver les

cheveux, elle vit son reflet s'illuminer dans

l'eau et une voix lui parla, lui demandant

d'aller chercher le pauvre Halo et de le

consoler dans son tourment. Bien qu'elle ait

eu très envie de l'aider à sortir de sa misère,

Aliesha craignait que si son mari venait à s'en apercevoir, il ferait pleuvoir encore plus de malheurs sur les deux jeunes êtres. Elle demanda donc au reflet s'il ne serait pas possible que quelqu'un fût choisi dans le royaume béni pour mener cette tâche à bien, car elle savait que le désespoir d'Halo était si grand que seule la musique des cieux serait capable de soulager la douleur de son âme. Juste alors, elle aperçut dans les reflets de l'eau un ange portant une grande harpe dorée. Lorsqu'elle leva les yeux, le harpiste descendit avec ses ailes diaphanes, pour se poser devant Aliesha. Consciente qu'elle entretenait un lien particulier avec

Halo, mais qu'elle ne pouvait pas se rendre

à lui en personne, elle couvrit le harpiste de

son propre parfum et de pétales de fleurs.

Alors le harpiste, en se révélant à

Aliesha et en recevant son onction, fut

envoyé par Dieu pour soulager les maux

d'Halo. Lorsqu'il s'approcha du malheureux,

il se mit à chanter et à jouer de sa harpe,

produisant une musique magnifique; les

sens d'Halo en furent envahis et il oublia tout

de suite tous ses tourments. La voix de l'être

surpassait la musique de sa harpe,

emplissant Halo d'une immense joie. Celui-ci

tomba immédiatement amoureux du

musicien. Aliesha, qui regardait les deux à

une certaine distance, vit toute

préoccupation s'évanouir des traits d'Halo,

remplacée par une sublime exaltation. Elle-

même était heureuse que ses cadeaux et

ceux du messager de Dieu fussent si bien

reçus.

Entre temps, depuis le festin, Marr

entendait la voix de son frère, pleine de joie

lorsqu'elle s'adressait au musicien, et il

entendait vaguement le pincement des

cordes d'une harpe. S'approchant des deux

autres dans le champ d'Halo, Marr ne
pouvait entendre que la voix de son frère
alors que celle du harpiste demeurait
silencieuse. Il s'approcha très près de lui,
espérant saisir ne serait-ce qu'un murmure,
mais rien ne vint, car les oreilles des
pêcheurs ne peuvent pas entendre les mots
spirituels articulés par les émissaires de
Dieu; le péché les a rendus sourds. De
même qu'un fleuve est barré par un
amoncellement de bois et de pierres, le
péché empêche le passage de la plus belle
des musiques dans les conduits auditifs de
ceux dont l'âme est impure.

Néanmoins, Marr voulait entendre les louanges de ce séduisant musicien, croyant toujours qu'il en était plus digne que quiconque grâce à l'abondante nourriture qu'il avait fournie. Il se tint debout et annonça son titre devant le harpiste, pensant que ceci suffirait à susciter ses éloges. Mais le harpiste n'émit aucun son; il cessa même de jouer doucement de sa harpe. Marr essaya de nouveau de solliciter les compliments du musicien, décrivant ses accomplissements et toute la richesse et l'abondance qu'il a su faire croître, mais cela n'eut aucun effet. Cette défaite face au musicien anonyme mit Marr très en colère et il jura devant Dieu, devant Aliesha et devant toute l'humanité que, si aucune chanson ou aucune musique ne se faisait entendre au banquet de son père, il s'occuperait lui-même de mettre l'inconnu à mort.

Marr avança alors en direction du harpiste, tentant de le forcer à retourner vers le banquet afin qu'il y joue en son honneur. Dans son désespoir, Halo cria au nom de Dieu, implorant le Père Céleste de sauver le musicien. Dieu entendit ses prières et s'adressa à Halo par l'intermédiaire de l'un de ses serviteurs divins. Il lui dit de chercher parmi ses plantes et ses fleurs tout ce qu'il lui faudrait pour fabriquer une couronne, et que cette couronne complète symboliserait l'achèvement de l'union entre Halo et le harpiste. Une fois qu'il aurait amassé les plantes et les fleurs, il lui suffirait d'encercler le couple avec la couronne et de déposer un baiser sur les lèvres de son bien-aimé avant de s'endormir. Par le sceau de ce baiser, l'union se verrait scellée devant Dieu et serait placée sous son éternelle protection.

Aussitôt qu'il eut reçu ces instructions, Halo les mena à bien. Il parcourut de nombreuses lieues à travers

ses champs piétinés afin de cueillir les

plantes et les fleurs nécessaires et après de

longues heures, il finit par en avoir assez

pour faire la couronne qui servirait de lien

entre les deux hommes. Ensuite, il retourna

au banquet de son père qui touchait à sa fin.

Se saisissant de la main du harpiste, il le

mena vers une petite clairière, non loin de

ses champs, un petit espace juste hors de

vue pour ceux qui se trouvaient encore au

festin. Après avoir entouré le harpiste et lui-

même avec la couronne, les deux êtres

restèrent couchés l'un à côté de l'autre. Halo

était si épuisé par l'effort que lui avait coûté

la cueillette des fleurs qu'il s'endormit

rapidement, oubliant le dernier ordre de Dieu

qui était d'embrasser son bien-aimé.

Entre temps, la colère de Marr ne

fit que croître. Bien qu'il eût reçu moult

éloges de la part de son père au cours du

repas, il n'en avait pas entendu une seule de

la part du harpiste. A présent, en regardant

autour de lui, il s'aperçut de l'absence de

l'étranger et de son frère, dont la défaite

l'avait tant fait jubiler. Il quitta le banquet et

se mit à la recherche d'Halo, soupçonnant

qu'il avait éloigné le harpiste de la fête afin

de l'empêcher de chanter les louanges de Marr, prouvant ainsi sa rancune causée par la défaite. Aliesha, l'épouse de Marr, pensant que celui-ci cherchait à faire du mal à son frère, suivit son mari en secret. Avant longtemps, Marr atteignit la clairière où il trouva Halo et le harpiste allongés dans les bras l'un de l'autre, entourés d'un magnifique assortiment de fleurs. Soudain submergé de rage, Marr tira son épée et tua les deux amoureux à l'endroit-même où ils étaient couchés. Dans un ultime sursaut de colère, il fit pleuvoir des coups de pied sur les deux corps jusqu'à ce que leurs formes meurtries se trouvassent en dehors du cercle doré de la couronne.

Au moment où Marr approchait du couple endormi, Aliesha se cacha derrière un arbre d'où elle pouvait voir ce qui allait se passer. Avant qu'elle ait pu réagir, son mari avait attaqué le couple avec son épée meurtrière. Marr quitta rapidement les lieux après le fratricide; Aliesha descendit vers la clairière et, soulevant chaque corps avec tendresse, elle les replaça à l'intérieur du cercle doré qui symbolisait leur amour. En voyant les infortunes d'Halo et prenant pitié de lui, Dieu releva les deux corps et leur accorda l'ascension divine vers le royaume

des cieux.

Dans le temps qui suivit

l'ascension d'Halo, ses champs devinrent

stériles. Puisqu'ils ne produisaient plus de

nourriture, les bêtes de Marr s'affaiblirent,

puis moururent bientôt de faim. Niac vit le

désert qu'était devenu sa propriété et

demanda à la femme de son fils : « Où est

Halo? ». Aliesha ne répondit pas. Puis Niac

tourna ses yeux vers le ciel et demanda à

Dieu pourquoi ses terres souffraient tant.

Dieu répondit à travers la voix de son ange

béni, Halo. Il dit : « Père, ne cherche pas plus loin que ton propre fils ». Niac, comprenant que son fils chéri n'était plus de ce monde, se mit à la recherche de son autre fils, Marr. Lorsqu'il le confronta, il lui demanda ce qui était arrivé à Halo, priant Dieu de bien vouloir attester du témoignage de Marr.

Avec cette invocation, Halo descendit une fois de plus des cieux et Marr confessa tout ce qu'il avait fait. Aliesha, qui se trouvait par là, supplia Niac de lui pardonner son pêché, d'abord pour avoir refusé de venir en aide à Halo, puis pour

avoir gardé le silence concernant sa mort.

Marr et Aliesha furent tous deux bannis de la

propriété de Niac et furent obligés à travailler

dans des champs qui se trouvaient à une

grande distance de là et étaient

perpétuellement stériles. Suite à ce

bannissement, les bêtes de Marr furent

confrontées à la sécheresse, à la maladie et

à la famine en guise de châtiment pour ce

qu'elles avaient infligé aux champs d'Halo.

Parce qu'Halo avait oublié le

dernier ordre de Dieu, qui était d'embrasser

son amant avant de s'endormir, il fut établi

qu'aucune union n'existerait sur terre entre

deux hommes. Un tel amour serait dès lors

réservé aux cieux.

A PROPOS DE L'AUTEUR:

Robert Joseph Greene est un auteur et un rédacteur pigiste. Ses histoires courtes ont été publiées dans le monde entier, sous divers formats : ouvrages électroniques et imprimés. Il donne aussi des conférences sur la psychologie de l'amour et sur l'expérience humaine.